Glades Tereza

A Dama de Mármore

Sendas edições

Coordenador Editorial
Sálvio Nienkötter

Editor Executivo
Daniel Osiecki

Editores Adjuntos
Claudecir de Oliveira Rocha / João Lucas Dusi

Capa
Carlos Garcia Fernandes

Design Editorial
Andre Luiz C. Mendes

Produção
Cristiane Luiza Nienkötter

Dados Internacionais de Catalogação na Publicação (CIP)
Angélica Ilacqua – CRB-8/7057

Tereza, Glades
A dama de mármore / Glades Tereza. -- Curitiba : Kotter Editorial, 2023
140p.

ISBN 978-65-5361-281-5

1. Contos brasileiros I. Título

23-6935 CDD 869.3

Kotter Editorial
Rua das Cerejeiras, 194
82700-510 | Curitiba/PR
+55 41 3585-5161 | www.kotter.com.br | contato@kotter.com.br

1ª Edição | 2024

Apresentação

Sou uma mulher comum, uma pessoa comum. Aliás, sempre me considerei bem comum. Minhas experiências são comuns, minhas dores são comuns. Não vivi nenhuma catástrofe na vida, aliás, tenho tudo para ser feliz, nunca vivi nenhuma privação ou grande dificuldade real. Minhas dores são existenciais, e essas me custam, me ocupam, movem e me paralisam. Sofrimentos e conflitos que geram vida, mas causam mortes. Minhas dores são minhas, ninguém pode senti-las.

No ano de 2012, desde o seu início, vivi momentos, para mim, inusitados. Experiências que me causaram variadas sensações, intensas e dolorosas emoções. Foi um ano cheio de mortes, que perdas e dores me fizeram madura, forte e abriu meus sentidos para a estrada à minha frente.

Nunca escrevi nada digno de nota, nunca tive vontade de escrever, nem julgava que tinha essa habilidade, mas diante de tantas e tão ricas experiências emocionais, decidi escrever para tentar organizar o que sentia e talvez conseguir compreender o meu jeito de viver e de lidar com essas dores. Descobri que tenho uma maneira particular e curiosa de contar sobre coisas comuns. Descobri que essa maneira torna as histórias, os fatos e emoções um pouco mais coloridas. Não sei a quem pode interessar minhas histórias, mas tenho ouvido de pessoas que leem que a dor une, que elas se reconhecem nas emoções e que a leitura é fácil.

Não tinha sequer intenção de publicar, ou menos, nem pensava que aquele exercício de escrever sobre o que estava sentindo poderia se transformar num livro. Mas tive a ousadia de mostrar minhas elaborações para um escritor, amigo e editor e ele me convenceu a desapegar e abrir mão da perfeição, perder o medo do ridículo e socializar o pretenso livro.

O exercício de escrever me deixava num lugar de esperança de organizar minha cabeça e não me fragmentar ainda mais. Eu tinha algumas escolhas para lidar com aquela dor, mas escolhi me aliar a ela, aceitá-la, agir e produzir através dela. Não foi fácil. Em alguns momentos me adiantava aos fatos, chegava ao momento presente e era necessário fazer uma pausa, criar distância, deixar que a dor se cristalizasse, se desatualizasse, para que eu conseguisse falar dela.

Então escrevi histórias que poderiam ser de qualquer mulher que vive decepções amorosas; todas vivem mais cedo ou mais tarde. No exercício de me compreender, gerei coragem, movimento e me encontrei com cada mulher que, por acaso, tenha esse livro nas mãos.

Sumário

Ritual de despedida

Era fundo e largo, impactante, algo que eu nunca havia visto.

A chuva intermitente alagava o chão de cimento.

Em dezembro é sempre assim nessa região.

O dia deslizava com gosto de terra, as pessoas se cumprimentavam solitárias e envoltas numa aura pesada que traduzia dúvida, indignação e medo.

A noite descia e os amigos embriagados de dor, saudade e emoção cantavam seus sambas em despedida calorosa. Era uma tentativa de comunicar algo incomunicável. A falta de sentido, o absurdo sem aviso, sem tempo de preparo. O insuportável que exigia a única ação possível: a aceitação incompreensível da morte.

Por volta da meia noite uma senhora negra e seu filho, também compositor e dono de uma das mais graves vozes que conheço, cantavam a ladainha de nossa senhora da Conceição.

Imagem da cura. Arquétipos de força, amparo, sabedoria e fé.

Impossível se alienar de tal cena.

A mim, me causou uma sensação hipnótica de paralisia física e grande emoção, me trazendo para um inconsciente coletivo da historia de cantos e grotas de um espaço geográfico remoto e familiar.

Levava-me aos campos e sertões, de sertanejos, escravos, senhores e fidalgos em que ali, se transformavam em seres de perdas e dores.

Me conectava com ancestrais de resadeiras, curandeiras, mulheres. Eu sentia pelas entranhas a força feminina das minhas mulheres, força que cura, que regenera, que salva.

Imagens passavam na minha cabeça como filmes com o mesmo tema: Morte/Vida.

Era uma experiência de transcendência que eu vivia naquele momento, onde a vida transcorria pelas minhas veias me lembrando que viver dói, sangra, e que com a dor se descobre coisas e pessoas não vistas até então.

A situação me trazia a fantasia de estar no enterro do meu marido,também compositor. Imaginava alguns amigos comuns e me identificava com o papel da esposa dilacerada, abandonada e buscando resignação e obediência ao que a vida oferecia.

Com a dor eu descobria imagens e sentimentos que até ali não ocupavam minha distraída percepção.

Meu coração chorava, a perda de um ser doce, grande, que quando me encontrava trazia uma caixa cheia de paz.

Atacava-me uma incompreensão pela falta de sentido. Uma vontade irresistível de questionar e me rebelar contra. Contra as dores, contra o estabelecido, contra o que seria o combinado com a vida.

Era 30 de dezembro, quando se prepara a alma para recomeçar, quando as esperanças se enchem de alegria por um novo ciclo.

Mas naquele ano, naquele dia 30 de dezembro, ali, enquanto eu ouvia a Ladainha, o ano parecia se anunciar sombrio e frio.

Depois daquela noite forte e inebriante, ainda sob a chuva de dezembro, seguimos o cortejo em meio a canções, choros emocionados e silêncio que pesava em nossas almas, nos lembrando que viver é perigoso e, às vezes, inevitável.

Os enterros sempre me transportam para uma consciência de finitude, ainda que quem morre tenha cumprido sua idade, a morte não é algo de fácil digestão.

Mas gosto dos enterros, gosto dos cemitérios, gosto de fazer o ritual de despedida daquela dor. Vejo vida nos enterros, vejo poesia na morte e os cemitérios com seus cenários bucólicos onde a natureza se impõe, seja numa rosa ou numa árvore frondosa, me falam de vida.

E vida era tudo que eu esperava num 31 de dezembro. Enquanto me enterrava junto ao Jonas, imaginando o que ele sentia naquele momento e me despedindo daquele caixão de medidas grandes, lembrava que aquele era um dia de alegria, um dia de esperar as boas novas do ano que se iniciava.

Tudo era estranho e diferente para um Ano Novo, eu estava mergulhada em emoções que não combinavam com um início de ano, de ciclo, de vida ou do que aquele dia trazia como mensagem.

Mas era 31 de dezembro e eu precisava aparecer socialmente, mesmo que com tudo aquilo no coração.

Com muita dúvida e escolhendo me relacionar com amigos para não me deixar demorar naquele clima depesado silêncio, fui ter com eles. Nada se identificava com o que havia na minha alma, não estava ali, não estava com ninguém. A festa não me convidava a sair das minhas lembranças e sensações das últimas hora. Não me importava Ano Novo, precisava antes viver o velho, viver aquelas coisas que me traziam questões sobre mim, sobre minha vida e minhas mortes.

Foi um festejar às avessas, onde na minha solidão eu compartilhava minha alma fragmentada e confusa.

Da varanda da casa eu via os prédios, a chuva, a linha de ferro, os fogos, ouvia as músicas, os gritos, o encontro de taças, sentia cada vez mais tristeza e dor, pensava nas famílias que choravam seus entes, naquela mãe que não suportou viver o enterro do filho. Não estava ali, mas estava viva, estava irremediavelmente viva e em febre, inflamada de consciência de mim mesma e do sentido de viver.

Enfim, finda a noite, com sua incoerência confusa, me devolvendo a liberdade de sentir e agir sem julgamento, sem exigência, sem limite.

Era o primeiro dia do ano, um ano com aparência de um ano qualquer, se eu esquecesse as últimas horas. Um dia com seus chamados para o futuro, para o comum, para o que se tem que fazer do cotidiano.

A semana se arrastava enquanto eu esperava os próximos sinais de onde e como eu deveria me colocar naquele ano.

Mas quando se quer sair de uma determinada sensação desagradável, a vida se mexe empurrando as certezas e nos convida a dar uma última olhada naquilo que queremos evitar.

Um telefonema me anuncia um próximo passeio ao cemitério, a expectativa era de reviver todas as emoções da última semana, mas nunca vivemos dois momentos com a mesma consciência. Eu não conhecia o viajante, apenas sua filha que sofria resignada e me convidava a entender o valor das amizades, me declarava amiga e capaz de ser escolhida para acolher sua dor.

Outro cemitério, outras pessoas, outro viajante, outras emoções.

Aquele era um compartilhar que me cobrava força e solidariedade, me chamava a ver a dor do outro e me ocupar menos da minha. Me fazia pensar que talvez a vida tem sua lógica, seu método. Seria um resgate de mim, um levantar de um lugar escuro e frio para um banquete de doação e compreensão. Era um convite ao cotidiano, ao que, por mais difícil ou monótono, também tem sua função na caminhada árdua de viver.

O início dos anos é sempre uma esperança de um novo ciclo, sempre se espera que algo aconteça e que nos mova para outro ângulo. Esperamos que nos primeiros dias já se apresente uma grande aventura que modifique a paralisia dos finais.

Final de ano, final de sofrimento, final de espera de um momento de êxtase.

Aquele era um ano que se eu tivesse a consciência dos seus sinais, saberia que seria no mínimo forte.

Depois das primeiras semanas, me acomodei aos problemas do ano que passou. Várias insatisfações e desejo intenso de mudar, mas me encontrava num labirinto de escolhas e decisões onde a satisfação não tinha muito espaço para se colocar nas coisas e exigir seus direitos. Sentia que tinha que buscar respostas e maneiras de não deixar que minhas impressões sobre as coisas me dominassem e eu me encontrasse mais confusa e angustiada.

Busquei em mim, passei a ouvir minhas intuições e fui me fortalecendo aos poucos, até sem perceber.

Minha motivação, naquele momento se encontrava dentro do casamento. Tinha um marido artista com definidas propostasde viver pela e da arte. Eu me ocupava da pessoa e de diminuir suas deficiências para as coisas práticas e também me esforçava para ajudá-lo nas realizaçõescom sua música. Sentia como se fosse a minha missão, minha tarefa, já que me sentia tão maternal e ao mesmo tempo companheira e amante.

Encontrava mepor muito tempo investida em cuidados com família. Meus pais idosos já me chamavam com mais freqüência. Carência, doenças, necessidade de ajuda e companhia, e eu dividida entre minhas buscas e o retorno ao centro familiar. Não queria nenhum remorso ou culpa por não ter feito o que a consciência de uma educação para ser boa filha havia me ensinado.

E naquele ano ocorreria uma grande festa na família. Talvez a última com aquelas características e valor simbólico. Meus pais fariam 70 anos de casados. O evento estava sendo vivido por eles há uns dois anos, a expectativa era enorme, toda a vaidade do meu pai estaria exposta naquela festa. E eu, com previsão de culpa para depois da sua partida, me desdobrava para dar a eles um presente e uma despedida. Um agradecimento por tudo que eles haviam me feito além de me dar a vida. Depois de muito fugir das amarras de uma família possessiva, entendi que não poderia me furtar ao cuidado, senão o remorso poderia me dominar.

E assim segui pelo tempo, me colocando onde pensava ser necessário, me ocupando das coisas, das pessoas, de tudo o que não era eu, não era prazer, vontade, mas o que era espera.

Celebração familiar

Em fevereiro de 2012 era tempo de festejar e compartilhar a graça de ter pais vivos e saudáveis até aquele momento, festejar a união de 70 anos que, para mim que era filha, não me ocupava de detalhes e perigos que essa relação deve ter passado durante tanto tempo. Uma coisa sempre me intrigou sobre essa família. É que com tanta gente envolvida nesse nicho, como pode até o momento não ter nenhuma morte, nenhuma doença, pelo menos grave com a geração direta. Os aderentes, quero dizer, noras, genros, tiveram doenças sérias como câncer, infarto, etc, mas sequer netos nasceram ou tiveram problemas mais preocupantes. Como pode uma família onde ninguém morre?

São indagações que me causam muito medo, mas ao mesmo tempo me intriga e aguça a minha curiosidade. Já deve estar claro que tenho forte essa característica: curiosidade. Sou curiosa pelos mistérios da vida, como ela funciona, o que impulsiona as coisas, as pessoas e tudo. A vida tem uma lógica ou é um emaranhado de acasos e a gente vive por aí, sem rumo e segurando num pedaço de cipó qualquer para não cair no buraco negro?

Na verdade falar de família é sempre o que acho mais difícil, um mal necessário que nos determina através das relações, afinal são nossas primeiras relações, as outras a partir daí são repetições. E carregamos esse jeito de ser, acreditando ser o único jeito de fazer, afinal a vida talvez não consiga nos mostrar que podemos experimentar outras maneiras de nos apresentar ao mundo.

Mas era fevereiro de 2012 e uma grande festa da família acontecera, muita gente, alegria, tudo delicadamente preparado, afinal era um momento de orgulho para a família e importante para a cidade, pois, tanto tempo de união entre um casal é coisa muito rara, ou porque um casamento, por diversos motivos não resiste ao tempo ou por que a vida de seus personagens não resiste. Era um momento rico em símbolos, se comemorava a graça de viver com alegria uma data que no passado foi registrada com toda esperança. Era a socialização e de uma vida longa e cheia de histórias, percalços, dificuldades, realizações. Tão rico que, tanto tempo de tanta coisa vivida, assusta. E os afetos se movimentam, as relações são renovadas, são tirados seus mofos e distâncias, é colocado em prova as capacidades de superar os desafetos, as preguiças do outro, é chegada a hora de sair da paralisia e do isolamento e relacionar, preparar o melhor sorriso, lutar contra as exigências, contra o medo do outro e aceitar o convite social de brincar, dançar, viver a alegria de ter o que comemorar. Era momento de encontro, tantos outros estariam te aguardando, cada um com seu estilo e disposição para te abraçar. Foi tudo impecável, toda a vaidade do meu pai foi satisfeita durante muito tempo se viveu aquele momento que tanto aqueceu o coração da família.

Voltei para a paz calma da minha casa para passar o carnaval em silêncio, recolhimento, recuperando as energias que gastei com todo aquele movimento. Afinal, havia entrado num caldeirão de afeto, havia experimentado alegrias que não vivia no dia a dia. Nada como um carnaval na capital onde morava para encontrar o silêncio e a calma, afinal a cidade nessa época está deserta, nem vizinhos, nem ruídos, nada para perturbar meu descanso.

Carnaval já foi motivo de euforia e alegria pra mim também, eu vivi muitos bailes e blocos, já gostei de passar noites na festa, celebrar a alegria e o fato de estar viva e com pernas para pular junto ao coletivo humano que gosta. Mas, acho que fiz tanto esse tipo de coisa, que agora a data é bem vinda apenas quando tenho um refúgio, um silêncio, um lugar onde posso descansar do convívio com tranquilidade. Hoje, acho tudo isso uma histeria coletiva de um país barulhento e agitado.

2012. Um ano enigmático, diferente, repleto de sinais incompreensíveis . Um ano que tem mexido com estruturas de forma intensa e com muita, muita dor. Tenho medo do que ainda possa vir. Acredito nas mudanças, acredito que elas, quando profundas trazem dores, não se muda de maneira definitiva e estrutural sem dor.

"*Para quem querer cruzar o borjador, tem que passar além da dor*". (Fernando Pessoa).

E acredito que as mudanças são sempre para melhor, mesmo que não percebamos isso na hora. Aliás, quando se está na dor é impossível ter qualquer percepção sobre o momento presente.

Então, finda o carnaval e inicia a quaresma, tempo de pouca atividade, recolhimento. E eu, ainda à espera do ano que pra mim, não havia iniciado. Quando digo iniciado quero dizer que não havia entendido a energia do ano, ou a energia que eu deveria operar para ultrapassar aqueles 365 dias até que minha esperança e expectativas se renovassem à espera de mais um ano. Esperava uma motivação ou chamado para a direção que deveria estar meu coração. É assim que vivo, entre o que desejo e o que entendo que a vida quer de mim. Claro que não foi sempre assim, já bati muito a cabeça, ignorava qualquer sinal ou lógica das coisas e impunha minha vontade. Só depois de uma certa maturidade é que consegui alguma serenidade.

Adolescência

Sou a caçula de uma família de 8 filhos, hoje 13 netos e 8 bisnetos. Família de valores tradicionais. Família do interior de um estado montanhoso e introspectivo, valores religiosos e dogmáticos bem definidos. E eu com uma alma sedenta de liberdade e me sentindo completamente diferente e ao mesmo tempo igual àquilo tudo.

Passei minha infância e adolescência num mundo fechado em mim mesma. Não me expunha muito em casa, me preservava de algo que nem tinha muita consciência do que era, apenas sentia como algo que me perseguia e ameaçava. Me sentia diferente, sozinha, pequena e confusa.

Aos dez anos engordei rapidamente, lembro que minha mãe inteirava minhas calças com uma tira de pano nas laterais. Comia tudo na tentativa de me preencher, de encher aquele vazio que me incomodava e deixava como sede fora. Me sentia de fora, fora da família, fora da roda de amigos, fora daquele mundo imposto e solitário.

A tristeza que eu carregava em alguns momentos, parecia não ser minha, era como se fosse toda a tristeza e solidão dos meus ancestrais, não sei, parecia ser maior que eu e algo que eu não alcançava. Doía em meu corpo, me jogava num espaço solitário, hermético e frio. Sei que a maioria dos nossos sofrimentos são imaginários, desnecessários. São apenas falta de compreensão, ansiedade, falta de calma e coragem pra olhar as coisas sem romantismo, controlando nossa vítima.

Eu não conseguia me ver, não sabia meu tamanho, tinha notícias de mim, não acreditava nelas, mas não tinha argumento contra. Não tinha o menor preparo para me defender. Meus recursos eram raros ou estavam muito bem guardados junto com minha necessidade de me esconder. Principalmente naquela idade. Minha adolescência foi solitária e confusa. Meus pais já tinham muita idade para orientar uma menina de temperamento imprevisível e com gosto pelo isolamento e silêncio em casa, mas com grande atração pelos amigos e aventuras pra fora dos portões do "castelo". Mas não sabiam que a cabeça era um caldeirão de fantasias, ideias, medos, desejos e tudo que ela observava do que passava à sua volta. E na frente dessa criatura, uma tristeza maior que seu peito.

Sei que isso gerava dificuldade nas pessoas em se aproximarem por mim, na verdade eu não facilitava nem um pouco o contato. Tinha medo, medo da invasão, medo da rejeição, medo que denunciassem a diferença em que eu me encontrava. Me sentia meio ET. Feia, desajeitada, desinteressante e bem esquisita. Aliás, essa era uma palavra que ouvi durante muito tempo pela vida. Não sei bem o que queriam dizer, mas eu também me sentia esquisita. Em conversa com um amigo, perguntei qual a impressão que as pessoas tinham de mim, ele disse que nenhuma. Não me notavam, eu era um "fantasma".

Família sempre foi, pra mim, um problema. Ainda acho família um mal necessário. Já ouvi e concordei que família é bom só no retrato e que família é bom quando é dos outros. Talvez por ser um monte de gente igual muito perto um do outro, acabamos num labirinto cheio de espelhos por todos os lados.

Não há como fugir de si mesmo.

Na minha família não conseguia ser autêntica tendo em minha volta tantos valores rígidos, preconceitos, dogmas, medos, preocupação com o que parecia normal e menos espantoso para as pessoas. Tudo aquilo me causava uma enorme paralisia. Tinha um pai muito enérgico e altamente ciumento, eu e minhas irmãs éramos muito vigiadas e o argumento era que ele confiava em nós, mas não nos outros. Eu, caçula e minha irmã mais velha que eu dois anos, éramos tratadas como joias e tínhamos que ficar longe dos olhares desejantes. Namorado era artigo de muita rejeição, nenhum passava no teste e avaliação do meu pai, aliás ele não entendia para que se tem que passar por essa fase: namoro. E eu, embora desejasse namorar como qualquer adolescente,tinha o foco na liberdade e achava que namoro já ameaçava esse meu anseio. E assim me deixava quieta no meu esconderijo, onde só vivia de fantasias de uma mulher livre, independente, resolvida e com alma solta pra viver todas as aventuras que me chegassem. Eu parecia não me importar, ou pior, não perceber o que se passava fora do meu canto, mas a verdade é que toda fantasia não me distraia de notar como viviam as pessoas à minha volta e, claro, fazia minhas teorias, hipóteses e conclusões sobre o que se passava com a vida dos outros e o que seria viver bem ou viver feliz. Afinal, quem cala, ouve. Nunca consegui tal resposta. Da minha vida ainda busco entender o que posso fazer pelo menos pra diminuir a sensação de prisão.

Sentia-me em paradoxo, presa a um sistema familiar que eu percebia como opressor, como inimigo a castrar meus sonhos e impossibilitar a expressão da minha alma. E ao mesmo tempo sabia que tinha escolha, podia me rebelar e agir de acordo com o que minha natureza pedia. Mas não conhecia meus recursos, apenas queria viver uma plenitude que nem sabia se era possível. E então fantasiava. No quintal extenso da minha casa me perdia em cenas de felicidade, criava personagens que me amavam e eram sempre agradáveis e livres como eu. Naquele espaço mágico eu era linda, adequada ao mundo, à vida, à tudo que se movia. Com ajuda do cenário que era realmente perfeito, com sua natureza perfeita, árvores frutíferas que me serviam de abrigo, tanto quando eu subia por elas ou quando eu me sentava embaixo de sua sombra ao lado do pequeno riacho para ouvir o barulho das suas águas passarem por ali, me tornando calma e aumentando a minha capacidade de imaginar, de viajar, enchendo aquele espaço real de pessoas, cenas e sentimentos que me faziam mergulhar no meu inconsciente e, mesmo sem consciência entrava em contato comigo.

Mas, apesar de todo esse estado de paralisia, tive uma infância que acho que posso chamar de feliz. Minha casa numa cidade pequena onde nós, crianças, brincávamos na rua, na falta do que hoje agrada crianças, nós tínhamos que criar nossas diversões. Fazíamos teatro no salão nobre do colégio, brincávamos no carnaval com blocos e fantasias inventadas por nós e diariamente tínhamos horas de muita diversão. Eu era ora sociável,feliz e bem entrosada com os amigos, primos e vizinhos, ora isolada, fantasiosa, depressiva e emburrada. A vida naquela cidade era livre, cheia de encantos urbanos e campestres. O que era chato era a exigência dos adultos, mas sabíamos fugir das suas garras sem muita punição. É fato que eu carregava uma tristeza no olhar e no peito desde tempos de menina, mas hoje olhando para trás vejo que foi um tempo de privilégios; lá eu era livre, mesmo com tanta indagação, com tanta investigação e dúvida, principalmente sobre mim mesma. Aprendi que depois que se vive as dores, depois que experimentamos a sensação é que descobrimos para que ela nos pegou, o que deveríamos saber para não sofrer além do que a dor exige.

Minha infância foi cheia de afeto, além da minha mãe que é pura delicadeza e suavidade, tinha na minha casa duas negras, mãe e filha, que viviam ali desde antes de eu nascer e na casa da minha tia, outra filha, todas eram muito afetivas. S,Antonia, que era a mãe, me chamava de minha menina e me defendia dos ataques das minhas irmãs, me protegia de tudo e me dava umas moedas de vez em quando. Como era muito velhinha não sabia que as moedas não tinham mais valor, eu chegava a me irritar com tanta proteção, a filha Camila que morava na minha casa era retardada, minha mãe descobriu isso quando colocou as duas no Mobral (alfabetização para adulto) e Sá Antonia desenhava no caderno as bolinhas perfeitas, mas a filha não conseguia fechá-las.

Camila era uma sombra da minha mãe, estava sempre assentada no fogão de lenha com uma peneira no colo descascando alhos, não gostava de barulho, reclamava das nossas gritarias e saía da cozinha xingando quando falávamos bobagens com conotação sexual.

Iaiê, a outra filha, morava com a minha tia que tinha um bar embaixo da casa, quando aparecia na minha casa para visitar a mãe, vinha com pacotes de balas para ela e para mim e eu ganhava dela e da mãe. Tenho que admitir que eu era mimada por todas, na ocasião não via nenhuma vantagem, me sentia controlada, só agora vejo que era uma graça, um privilégio tanto afeto. Bem, eu sou a caçula com uma grande diferença de idade dos meus primeiros cinco irmãos, fui mimada, protegida enquanto era bem criança, ativa, dócil e inocente, mas quando começou a invasão de hormônios e minha personalidade se transformou me deixando distante, agressiva, quieta, calada e solitária, os mimos não eram mais tão fáceis e se tornaram raros ou mais sutis.

Vivi naquela cidade fazendo tudo que uma adolescente normal fazia, quer dizer, quase normal, pois era avessa a namoros. Se alguém me trazia recado de algum menino que gostava de mim, já ficava com raiva do menino e de quem me trazia o recado, era mesmo arredia e uma fera. Não deixava que se aproximassem. Então, não namorei até aos dezoito anos, quando fui para a capital estudar, pois naquela cidade não havia faculdade, apenas dois cursos de nível médio, contabilidade e magistério, fiz o segundo embora não tivesse intenção legítima de ser professora, mas tinha que estudar alguma coisa até meu pai permitir e bancar o restante dos meus estudos. E assim foi feito, viemos eu e minha irmã para uma vida nova e desconhecida, sabíamos que teríamos que desbravar o mundo novo que estaria aos nossos pés. E passei muitos apuros, andava mais que o necessário passando várias vezes pelo mesmo lugar até encontrar o lugar desejado no centro da cidade. Mas foram tempos bons, cursinho, vários colegas, festas no apartamento do namorado da minha irmã, finais de semanas de aventuras, beijos na boca, muitas novidades. Minha adaptação no início não foi fácil, estranhei toda aquela liberdade repentina. Podia fazer tudo, pensar qualquer coisa, ir onde quisesse, não estava acostumada a não ter olhos sobre mim, não ter julgamento dos meus atos, não ter críticas ou conselhos sobre as minhas escolhas, afinal vim de uma cidade onde as pessoas se ocupam das outras. Me sentia num vasto campo de oportunidade, de aprendizagem e perigos. Os riscos não eram claros, sabia que estavam ali, mas não os reconhecia, não havia sido preparada honestamente para reconhecê-los, não tinha a medida deles nem de mim. E me atrapalhei, fugia do que era bom e me arriscava chegando muito perto do mal. E me via num imenso vazio, me sentia solta, sem encostas, sem limites, sem direção, sem setas para me orientar, sem barreiras de proteção, sem todo aquele afeto que, embora eu não soubesse sequer que era bom, me amparava e me aquecia. Agora era só eu, eu e aquele imenso mundo cheio de gente que deveria ser decodificado e dominado por mim, eu teria que ser forte e audaciosa para sobreviver a tudo aquilo.

E minha atração pela liberdade me chamava, não queria arranjar um namorado que soubesse lidar com aquele mundo e me tirar a satisfação de vencer meus medos e superar meus limites. Era uma encruzilhada daquelas, era uma saída do castelo, era uma escolha de ir ou ficar. Mas fui, com dores e medos, fui até me convencer que sou forte e capaz. Sem namorados, apenas beijos na boca, sem me prender a ninguém ou ter que ir pra casa esperar o telefone tocar, numa Era antes do telefone celular. Caminhava sem olhar pra trás, procurava um lugar, um jeito de ser, ensaiava tipos e gostos, experimentava tudo que cabia na minha coragem e nos princípios morais e educacionais que recebi, mas para uma adolescente do interior super protegida tudo era aventura, tudo era novo e mágico, tudo atraía, provocava, chamava para ser visto e conhecido.

E desbravei aquela selva, entrei para a faculdade e me expandi em movimentos políticos, festas de muitos convidados, paixões inventadas, noitadas de muita vida. Sempre investigando, pesquisando tudo e todos, comparando os jeitos de ser de cada ser para me encaixar num espaço aceito e no mínimo confortável.

E com muito esforço, aventura e prazer, caminhei até aqui. Tinha a curiosidade nos olhos, o medo no estômago, o freio nos ouvidos e as asas nas mãos. Tudo que eu via era maravilhoso, topava as aventuras que para mim eram novidade. Lembro-me de ter entrado numa seleção para figuração de um filme brasileiro. Passei no teste e fui viver a experiência com brilho nos olhos, contracenei com Ricceli e Gloria Pires, foi meu dia de fama. Me senti no meio do cinema, colega dos globais da interpretação, ai, ai...

E a faculdade foi me cobrando posturas de profissional, foi-se aproximando o momento de ser expulsa daquele "castelo', e eu sentia que ainda tinha tanto pra aprender, tanto para ser protegida, tanto para ser amparada, meu último semestre foi de choro, parecia que seria lançada para fora do avião sem para- quedas, seria jogada na rua sem caneco pra pedir esmolas, já estava com o pé fora do castelo do Rei e não tinha um lugarzinho para me abrigar e não tinha nenhum preparo, não sabia nada que estudei por cinco anos naquela universidade, estava em pânico. Mas tinha uma vontade. Queria ser independente e livre, queria ganhar o mundo e dominar as mentes, queria controlar meus impulsos e boicotes e andar, andar, até encontrar o espelho que me revelasse perfeitamente.

E caminhei, caminhei, olhando tudo à procura do ponto mágico, experimentando as coisas para sentir o gosto da minha alma e da minha maneira de sentir o mundo. Tornei psicóloga!

Não tinha sequer entendimento do que seria isso. Não sabia o que poderia significar esse título, muito menos o que faria com ele. Tinha uma postura revolucionária. Na turma me chamavam de comunista vermelha, gostava de lutar pelo coletivo, talvez essa fosse a minha trajetória com a profissão, me ocuparia com o coletivo e suas características e se conseguisse modificar alguma consciência estaria realizada. E me dirigi aos trabalhos com os fracos, pouco ouvidos, causas difíceis como crianças abandonadas, comunidades de aglomerados, famílias moradoras em áreas de risco social, crianças portadoras de deficiência, loucos. Todas, causas apaixonantes, mas que trazem um grande desafio de educar o mundo para se livrar do preconceito. Tarefa de grande trabalho e investimento. Que demanda infinita paciência e muitas estratégias. Mas, apesar da atração por esse tipo de trabalho e luta, sentia falta de proximidade com o sofrimento individual, queria a possibilidade de uma relação íntima que se pode ter com um humano num lugar onde possa ser sincero e fraco. Uma relação que me permitisse ser inteira, pensar nos meus ais, sentir a semelhança de estar no mesmo tempo e lugar que outro que sofre. É sempre um conflito. Aproximar e afastar sempre como defesa, se esconder e se mostrar sempre por necessidade. "Viver dói..."

"Viver dói, mas cura".

E continuo à procura desse arranjo entre a proximidade e o afastamento. Penso que não vou conseguir conciliar e apaziguar tal conflito, mas tenho descoberto que a grande aventura é a procura e só a falta pode trazer esse prazer. Portanto, estou fadada ao conflito e à procura, encanto com cada humano, mas quando chego tão perto a ponto de identificar o sofrimento, a ponto de tomar consciência que a dor nos torna muito parecidos, então quero me afastar, criar uma distância que me proteja, me proteja dos meus componentes humanos, me proteja da minha sombra, da minha imperfeição.

Mas a cada passo, me torno um pouco mais inteira.Torno-me um pouco mais humana, mais em conflito, mais em paradoxo, mais eu.

(Dama de mármore)

Já disse que minha aspiração era por liberdade com sucesso profissional e independência financeira, porém, por mais que procurasse por isso, não encontrava. Em contrapartida os relacionamentos afetivos eram frouxos, sem muita amarra, para que não me desviasse do meu desejo de ser livre. Na verdade sempre tive medo de me apaixonar, a imagem era de me desintegrar, perder minha forma e adquirir a forma do objeto da paixão, com isso sempre procurei evitar esse momento. Mas me apaixonei por diversas vezes, criava situações, enredos, encontros, as histórias se tornavam recheadas de fantasias e magias que eu inventava para dar ação aos personagens que também eram invenção da minha mente criativa e da minha louca vontade de viver algo intenso, interessante e real. Quando tudo acabava, depois de pouco tempo, pois esse tipo de coisa não se sustenta por muito, eu sofria por algumas horas ou uns dois dias e já estava arquitetando outra. Sempre se encontra pessoas que se deixam levar por esse tipo de loucura, homens para me ajudar não faltavam, homens inclusive que, num outro estado de consciência que eu me encontrasse, nunca seriam escolhidos por mim pra nada. Mas minhas construções de fantasias tinham que ser muito bem pensadas, vai que eu me apaixonasse por um príncipe, seria uma traição a mim mesma, então seguia beijando sapos e tudo acabava bem.

Mas, todo ano fazemos aniversário e com isso aumentamos a idade e uma hora a maturidade cobra seu lugar. Então, depois de muito sofrer, acreditar que sofria de síndrome de Marilyn Monroe, aquela por quem todos se apaixonam e ela não quer ninguém, faz os homens penarem e se arrastarem por ela, entendi que o que eu temia era exatamente o que desejava. Não seria independente, livre ou resolvida e feliz se estivesse sozinha. O que eu realmente queria era amar e ser amada, era a paz de uma relação afetiva tranquila e correspondida. Entendi porque não conseguia adquirir tudo que queria, não saía da paralisia, era uma sem sucesso, nada me preenchia, me satisfazia. Se tinha bom trabalho e bom dinheiro, não tinha satisfação. Então, assumi minha vontade de ser presa, ser amarrada por alguém ou por um sentimento que me calasse o medo e me desse plenitude, talvez aí teria calma para conseguir as outras coisas.

Assim, saí a procura de um homem que tivesse defeitos suportáveis, defeitos com os quais eu conseguisse conviver sem comprometer meu objetivo de uma relação equilibrada. Paixão não era exatamente o que eu esperava encontrar, aliás, sempre achei paixão um defeito da alma, coisa que só cabe em fantasias infantis. Minha busca era tranquila, afinal eu já tinha um certo conhecimento de sapos, sabia identificá-los, precisava de uma aproximação e apurada observação, mas os reconhecia sem perder muito tempo. Encontrei vários homens, sapos, pessoas interessantes, mas não cabiam nos meus planos. Os homens são apressados e simplórios diante de uma mulher que diz o que quer, mesmo que não seja com eles, estão sempre disponíveis a passar pelas provas e testes e isso já acabava com a possibilidade de negociação. Acabava a graça, mas também aquele método tão racional e objetivo não podia ter nenhuma magia e não deixava margem para surpresas, que é o principal elemento do encontro, principalmente numa relação que se pretende afetiva, sexual e envolvente.

Cheguei no basta depois de alguns enganos , de achar que havia encontrado o parceiro adequado, me fechei pra balanço. Voltei ao estado de recolhimento silencioso, resguardo total, afinal não podia esquecer que tenho uma aparência, vamos dizer beleza, que atrai os homens pelo fator exótico e diferente para os padrões de brasileiras. Sou muito clara, olhos verdes, pele branca e cabelos verdadeiramente loiros. Em todo esse processo e por toda a minha trajetória por aí, a sedução sempre esteve presente, facilitando e dificultando meus objetivos, me servi bem dessa característica quando fingia, inventava paixões, mas depois que entendi meu desejo, ela era uma ameaça à seriedade e honestidade do intento.

O último engano havia me deixado abalada, não pelo homem ou pela história, mas eu precisava daquela distração para aguentar amadurecer profissionalmente. Por diversas vezes na vida chegamos até aquela encruzilhada em que lemos uma placa: crescer e outra: se manter na zona de conforto que até agora nos sustentou, nesse momento sabemos bem que a zona não é mais de conforto, vai começar a nos espetar, mas para escolher uma direção que tememos, aliás, é o nosso maior medo, aquele que trouxemos da infância e empurramos com a barriga até ali. Na verdade a princesa tem vários momentos em que é convidada a sair do castelo e cada saída parece mais perigosa. Aquele era um movimento de saída do castelo, eu deveria sentir a terra, o chão sob os meus pés e, sem fantasias ou histórias mágicas, encarar a vida real. Estava iniciando minha trajetória profissional adulta. Medo, medo! Logo eu, uma lunática, não poderia passar por isso a seco, então inventei uma "distração" com um homem 10 anos mais velho que eu, separado e com 3 filhos, o menor de 6 anos. Belo namoro que durou um mês e meio e terminou com um telefonema no dia dos namorados. Para uma pretendente a mulher adulta, fui salva. Aliás, meu anjo-da-guarda trabalhava.

Mas, numa noite no meio de uma semana de final de dezembro, uma amiga me convida para um chopp no Bar da Estação, na Praça da Estação, um charmoso bar no prédio da antiga estação ferroviária da cidade que guardava um clima de história do início da capital, lugar repleto de marcas de viajantes e viagens, mercado de pedras preciosas, onde toda atividade do Estado passava. Praça importante, carregada de memória. Quando entrei no bar me senti num museu, o balcão e o mobiliário denunciavam que o tempo havia passado por ali, aquelas janelas enormes, o banheiro exatamente como nos tempos de outras atividades naquele espaço. E tudo isso climatizado com uma trilha sonora de boa música instrumental, gente jovem e bonita convivendo sem barreira do tempo. Se me lembro, acho que passava em frente à minha mesa uns casais carregando malas correndo para pegar o trem. E ali, naquele ambiente onde o espírito do passado rondava, mas o projeto era de atração dos jovens, teria um show dos Borges, música instrumental. Claro que o que me animou não foram o bar ou o show, aliás nada me animou, só topei o convite para viver aquela depressão de outra forma, não era muito de me demorar na mesma posição numa dor. Na verdade não gosto, ou melhor, não suporto, sentir certas dores, essas emocionais, principalmente de final de relacionamento que nem era...

Mas aquela depressão, na verdade, não era pelo relacionamento, mas pela derrota de não ter me distraído.

Falhei na tentativa de desvio de energia, de atenção. Com o fim do "romance" tinha que encarar o medo, as deficiências, a criança e botar os pés na estrada, caminhar até a maturidade.

É um momento difícil, uma encruzilhada onde uma nos leva ao destino, mas com muito medo, e a outra nos convida ao retorno para medos conhecidos, mas não conduz à maturidade. É impressionante a nossa resistência para crescer, amadurecer. Eu tive um terapeuta que se referia a esse momento, como,saída da princesa do castelo, é um desejo que a princesa tem, um impulso, mas ela não sabe o que encontrará lá fora e, dentro do castelo, é tão seguro. Claro que ninguém sai da zona de conforto sem dor, sai devido a uma força que nos empurra para frente, para amadurecer.

E naquela noite, no Bar da Estação, lá fui eu, armada, cheia de defesas contra qualquer encontro romântico, fui com uma postura de "Dama de Mármore". Não olhava para os lados, não reparava ninguém, estava concentrada em defender dos desejantes. Embora eu estivesse me sentindo aparentemente apagada, pois estava desanimada e com pouca fé em mim, sabia que minha aparência despertava os olhares e a curiosidade das pessoas, quando eu entrava em um ambiente, a reação não era de invisibilidade. Eu tinha conflitos gerados por essas reações, não conseguia saber ao certo quem era eu, não me via, nem quando diante do espelho, tão branca ou tão diferente, mas aqueles olhares em todos os lugares que eu passava, olhares de curiosidade, de surpresa, de investigação, me faziam sentir estrangeira, em todas as pessoas havia um estranhamento ou uma certeza de que eu não pertencia àquela raça, a raça dos comuns. Eu fazia esforço para me parecer próxima da maioria, mas por muitas situações me aproveitei dos olhares e desenvolvi sedução como forma de aproximação e aceitação. O sentimento de ser estrangeira é muito solitário, é inseguro pisar em terreno onde não se sabe qual é o ponto firme, qual é o lugar, atitude ou escolha que vai te deixar forte e defendida de coisas que podem te ferir. Parece que se está andando em pântano, em qualquer momento pode-se afundar. Era preciso habilidade e esperteza, as defesas haviam de estar preparadas e a percepção era fundamental. Porém, quando se tem a atenção na necessidade de se defender de algo, quando se elege um perigo, torna-se vulnerável a outros. Na verdade eu estava acostumada a aproximações e cantadas claras, óbvias, os homens se aproximavam demonstrando claramente que foram atraídos pelo que eles achavam belo em mim, mesmo quando tudo depois caminhava bem, ou seja, uma boa conversa que me prendia em sua companhia, a chegada era sempre truculenta. Mas, naquela noite, eu, "Dama de mármore", me guardava o direito de comunicar através da minha postura que não queria nenhuma cantada ou aproximação romântica. Foi aí que atraí um homem, na minha inocência, sem pretensão, sem vontade, sem fé, atraí um homem exatamente por que me defendia desse fato, exatamente por me esconder, me disfarçar e me fazer de fria. Atraí um homem que com toda delicadeza e movimentos lentos e ágeis se aproximou de mim e, sem que eu percebesse, se instalou no meu coração. Claro que naquele momento, enquanto eu não percebia a intenção dos gestos sutis e aproximação inteligente, iniciou-se uma relação que, sem intenção ou previsão, seria duradoura, madura e linda.

Enfim um arranjo duradouro

Ele me encantou por diversas razões. É artista, tem grande talento pra compor maravilhosas músicas, pinta belas telas e sabe como agradar uma mulher no primeiro encontro. Só isso já bastaria para reconhecê-lo príncipe, mas, além disso, é muito inteligente, tem alto nível de interesse e conhecimento por diversos assuntos e é uma pessoa muito generosa, a mais generosa que já encontrei. Muito de vagar entrei por essa relação, guardando cada etapa de sua evolução. Sentia-me cada vez mais certa que com ele percorreria uma longa estrada, por muito tempo. Me sentia segura, acompanhada e motivada a buscar meus sonhos. Ele me mostrou, me incluindo num mundo bem diferente do que estava acostumada, um mundo onde as pessoas são livres, seus preconceitos não são valorizados e elas se encontram para criar e se divertirem com suas deficiências. Aos poucos fui me sentindo como elas, fui pertencendo a elas e perdendo o medo da diferença. E o tempo me fez daquele mundo, aqueles passaram a serem meus amigos e não me sentia mais tão ET. Nesse tempo conheci pessoas interessantes e talentosas, pessoas com grande vaidade e aqueles, com muito talento, mas sem pretensão ou gana por fama. Alguns me transmitiam paz, outros me agitavam a alma, mas eram, como diria um cientista extraterrestre, exemplares magníficos de humanos, cada um com seu estilo de ser no mundo e de se apresentar. Era um mundo de gente como qualquer um, não havia nada de inusitado, apenas suas atividades artísticas me encantavam me fazendo transformar tudo em magia. Tudo me animava a investigação e observação, era como se eu tivesse entrado num planeta que me lembrasse o meu, mas que dos olhos das pessoas eu pudesse perceber suas verdades, elas eram de vidro, quando olhadas deixavam mostrar o reflexo de desejos, sonhos, medos, inocência de toda a humanidade. Algumas dessas criaturas me tocaram profundamente, sem que eu tivesse chance de me aproximar como gostaria, me causavam sensação de reencontro, de reviver fatos e histórias passadas. Uma delas era o Jonas, um negro gordinho que se encontrava comigo sempre sorrindo. Sua história me remetia à história dos escravos, me fazia sentir num passado coletivo, me ligava a uma ancestralidade que está em todos os cantos do país e outros tantos.

E a relação segue, cada vez mais forte, cada vez mais nos aproximando, despertando em mim a vontade de que aquela fosse uma relação duradoura ou, por que não?, eterna como o exemplo que eu tinha em casa com meus pais. E fomos apertando nossos laços enquanto eu me sentia cada vez mais encantada e surpreendida com o fato de eu, que tanto lutei e duvidei que houvesse um homem que suportasse viver com aquela mulher tão "esquisita", que investigava tanto as pessoas, que desejava tanto a liberdade, mas que gostava de cuidar, que se encantava com as histórias.

Aos poucos, sem nos assustar, definimos aquilo como namoro. Ele era muito cauteloso, me apresentava ao seu meio social muito lentamente, fui conhecendo os amigos aos poucos, mas da família não conhecia ninguém, a não ser as histórias, principalmente as do seu pai. Ele falava dele com muita admiração, seu pai era engenheiro de som, trabalhou no Rio em estúdio e gravou os Deuses da música brasileira, como Tom Jobim, Tropicália e tantos outros daqueles tempos de ouro das composições que ficaram na história. Ele era um cúmplice do pai, profissionalmente, passava por momentos difíceis, pois, depois de tanto trabalho, depois de ter montado o maior estúdio de gravação da cidade, não estava nos melhores momentos de sua vida profissional e o filho fazia todo o esforço para que deixasse ainda no mundo sua marca e pudesse ainda fazer algo pela música. Mas ele andava doente da alma e em outubro, durante um cateterismo, fez a grande viagem. Havia 10 meses que eu namorava seu filho, não conhecia ninguém da família, e fui, pela manhã, ao cemitério, sem saber como agir, sem saber qual seria meu lugar, como poderia ocupar aquele espaço social, íntimo e dolorido. Na ausência do namorado que tratava das questões burocráticas, tarefa necessária, porém difícil desse tipo de evento, mas tarefa reservada ao filho mais velho, encontrei o único amigo que conhecia e pedi que me apresentasse à viúva. E quando cheguei a ela, entendi o que seria dali para frente, com um abraço amplo, caloroso e muito, muito emocionado ela me entregou seu filho, ela me pediu que cuidasse dele, ela me propôs um pacto de união, respeito, afeto para que ele fosse amparado e amado. Depois fui entendendo aquele gesto. Ela teve quatro filhos, ama todos, mas aquele era mais íntimo, se identificava mais com ela, a compreendia mais, eram mais unidos. E ela viu em mim os valores que ela guardava, valores que se identificavam com os dela, e me confiou seu ouro. Naquele momento eu não percebi a importância daquilo, apenas senti que aquele era o início de um pacto de grande força feminina, um encontro entre mulheres com a proposta de amar. E fomos, no decorrer do tempo, nos conhecendo, nos respeitando, nos ajudando e nos tornando grandes companheiras.

Poucos dias depois lá se foi aquele filho completamente mergulhado na dor por ter perdido o pai, se isolar num sítio para gravar o CD que estava compondo. Aos finais de semana eu me encontrava com ele, emprestava o meu ombro e me deliciava com as músicas melancólicas e cheias de emoção que ele gravava. Aos poucos me sentia cada vez mais sua, cada vez mais compreendia o meu lugar ao seu lado. E me tornava companheira, amante, amiga, protetora. Foram momentos incríveis que passei naquele paraíso, ele trabalhava todo o tempo, independente da hora, "saltava os dias sem se refazer," trabalhava as madrugadas e eu ali, à espera que sua dor me desse uma chance para que eu pudesse desfrutar da sua companhia, mas aguardava com prazer e dedicação, afinal sua arte era pretensão também minha. Como eu nunca quis ter filhos e ele também dizia não querer, fiz de sua música nossa filha e cuidava dela com amor. Afinal, tenho gana pela arte, mas não consegui ser artista a não ser na tarefa de viver e conviver.

Na infância, tive desejo de aprender piano, mas na minha pequena cidade não havia pianos. Me lembro de ter visto um pela greta da porta da casa do então prefeito onde estive não me lembro com quem. Me encantava aquele instrumento; as melodias que ouvia pelo rádio e as imagens pela TV me deixavam em transe, me transportavam para outros espaços e emoções. Me imaginava solta flutuando sobre as teclas e fazendo soar belas melodias que alimentariam minha alma. Mas era sonho, pois eu não tinha acesso a tão nobre atividade no fim de mundo onde nasci. Então, para não frustrar tanto meu desejo e castrar totalmente meu sonho, encontrei um pianista que poderia realizar tal desejo me deixando participar, ainda que indiretamente, do ato de tocar o instrumento.

Findou as gravações, findou o isolamento e chegou o momento de mostrar sua obra feita com dor de perda para o mundo. Seria um show na Sala Juvenal Dias, no Palácio das Artes. Eu passei o dia preparando um Petit coquetel para oferecer aos presentes. Com uma cachaça dada como patrocínio fiz uma saborosa batida de pêssegos e umas bolachas com patê e amendoins. Consegui agradar as pessoas, mais pela arrumação da mesa que pelos petiscos simples. Naquela noite no Grande Teatro teria um espetáculo com orquestra, coral e corpo de balé. Portanto, o saguão do Palácio estava repleto de gente, o café no andar de baixo estava repleto de gente. Porém, poucos minutos antes do início do show uma tempestade cai do céu e a luz se apaga em toda região da cidade. Naquele momento eu, já intrigada e revoltada com os empreendimentos que aquele artista se propunha, qualquer movimento para trazer à tona suas criações eram frustradas por pequenos atrasos e impossibilidades, desde pequenos apagões no momento de gravações importantes, instrumentos queimados na hora do show, até falta de público e falta de recurso para realizar um trabalho, me dava elementos para que eu investigasse o que move as coisas e qual a influência do mundo invisível sobre nós, me isolei num canto e com raiva questionei e perguntei aos céus: pra que tudo aquilo?

Ele era apenas um ser humanozinho qualquer que lançava seu segundo CD. Se o objetivo era impedi-lo, não precisava de tudo aquilo, por bem menos ele estaria derrotado na sua missão. E depois do desabafo, tentamos resgatar os amigos perdidos no saguão e por todo o Palácio, tentamos fazer o show à luz de velas, porém a administração da sala não permitiu, até que a luz voltou e o show foi feito com os aventureiros de boa vontade. Foi um show intimista, o pianista tocava com a cabeça caída sobre as teclas brancas e pretas trazendo o público para seu estado de cansaço, melancolia e bravura. Foram momentos intensos e fortes, aliviados na saída com uma bebida doce e uns petiscos que ajudaram na confraternização afetiva e no encontro de pessoas, emoções e uma, certa, alegria.

E segue a relação cada vez mais íntima no tempo de cada coisa. Nunca brigamos. Tínhamos muito bom humor. Ele me fazia rir todo o tempo, tirando minhas rugas do rosto e, quando com mau humor, ele quebrava o clima imitando um personagem ou me imitando em alguma careta e eu acabava saindo da seriedade e perdendo minha moral com gargalhadas.

Mas as exigências do mundo nem sempre nos deixavam viver cada etapa com passividade. Eu não tinha estabilidade profissional e ele, devido a seus desejos e escolhas pela arte, teria muitas privações financeiras. Eu queria participar do seu projeto, me fazer responsável e cuidar do sustento e deixá-lo em paz para criar. Acreditava que essa parceria faria o sucesso do empreendimento.

Voei para a Espanha, onde tinha uma amiga que me abrigaria para tentar sair da inércia financeira, sair da intoxicação que eu me encontrava, querendo tanta coisa, desejando outro espaço e outra esperança, mas tudo dependia de ter. Ter dinheiro, estabilidade profissional e financeira. Voei e o deixei com a promessa de que se encontraria comigo mais tarde. Mas a "aventura" não saiu como o esperado, a amiga não me acolheu como era certo, a Espanha não foi camarada, as pessoas que encontrei lá não me salvaram das dificuldades e decepções e a melhor escolha depois de três meses de riscos, enganos, solidão, saudade e frio, foi voltar para os braços dos meus que me amam nas vitórias e nas derrotas. Cheguei mais forte e decidida. Resolutiva. Minha conversa com a vida era que havia me cansado de brincar, não deixaria mais ela brincar comigo. E decidi algumas coisas, uma delas foi me casar.

E nos submetemos ao ritual do cartório. Diante do juiz firmamos nosso desejo de seguirmos juntos. Vivemos muitas coisas, festas, dificuldades financeiras, dificuldade na carreira de cada um, viagens maravilhosas e viagens de trabalho, descobrimos muitas coisas juntos, nos divertimos, nos preocupamos, sofremos, sempre juntos.

Eu me sentia cada vez mais à vontade naquele lugar, me sentia dona da sua arte, co-compositora, cada música, cada trilha, cada projeto, cada espetáculo eram meus também, afinal, eu trabalhava muito para que tudo saísse perfeito, torcia e desejava. Tinha orgulho de tudo que ele fazia. Tinha orgulho dele e, principalmente, tinha orgulho de mim por ter conquistado aquela relação, por ter acertado na escolha do homem, por estar conseguindo manter uma bela relação por tanto tempo. Orgulhava de mim por descobrir que tudo que aprendi com minha mãe também me servia, por descobrir que era boa em fazer alguém feliz, por descobrir que posso muito do que quero.

E decidimos firmar nossa união na presença convencional de um juiz. Com um casal para testemunhar aquele ritual respondemos e assinamos o desejo de continuarmos juntos. Esse papel não tinha real importância para nós, mas fez uma grande diferença para as famílias, uma sutil mudança no tratamento, no respeito e na aceitação das nossas decisões. Para mim, foi como cessar uma guerra, me tornar normal, parecida com os meus, afinal, cedi à convenção e à exigência social. Foi uma trégua, uma acalmada na maneira de me parecer estranha, tranquilizei a todos.

E sua mãe é acometida por um câncer. O filho teve muito medo que ela perdesse a alegria, pois era sua característica mais forte. E fez uma grande cirurgia e quimioterapias que duraram tanto, que as coisas foram se ajeitando apesar desse fantasma que ameaça castrar toda a vida. Mas aquela não era uma mulher qualquer, era uma mulher forte e de muita, muita fé. Quando se tem fé, se entrega a vida e isso significa aceitar a morte. Eu nunca vi uma pessoa tão resignada e que luta tanto para viver. Sua disciplina é invejável, todo o processo de viver com a doença e conviver com a morte a fez melhor, melhor para ela e melhor para a vida. Passou a se importar apenas com o que valia. Suas dores a tornaram mais leve e lenta, porém, mais forte, parece que com uma compreensão de maior dimensão. E minha relação com ela se firmou, confirmou e estendemos nosso pacto para os cuidados conosco, cuidamos uma da outra, entendemos uma à outra, mais cúmplices, mais amigas, mais íntimas. Eu fazia tudo que podia e que meu afeto indicava. Arranjar advogada para que conseguisse um medicamento pelo governo para melhorar seu estado e diminuir os efeitos nocivos da quimioterapia, dormir com ela no hospital quando de uma das 3 cirurgias. Seu câncer não foi pequeno, foi devastador, espalhava pelos órgãos a mantendo em quimioterapia por 8 anos. Mas sua força parecia aumentar em cada ponto de doença que surgia, sua fé era inabalável, sua vontade de viver era do tamanho do seu amor pelos seus. E eu ia cada vez mais compreendendo meu lugar naquela família e junto ao meu companheiro, toda essa união era permitida e facilitada por ele. Eu lia em seus olhos alguma alegria de ver suas mulheres tão unidas.

A vida, às vezes, parecia leve a caminhar para um paraíso, e trabalhávamos para isso, para um paraíso de paz e calmaria. Às vezes ela se desarrumava nos fazendo buscar força na nossa união e na nossa experiência de sucesso. Fizemos belas viagens, eu tinha muito prazer e alegria em viajar com ele, fosse,no real ou no imaginário, e no meu imaginário seriam viagens magníficas, viagens pelo mundo que ele já conhecia de tanto estudar e eu nem pensava em poder ver, queria ver o mundo e as coisas pelos seus olhos, com a decodificação da sua didática, do seu modo de ver, me sentia muito amparada e segura quando ele me ajudava a entender e me ensinava o que eu devia reparar nas coisas que ele tanto gostava, coisas como arte num museu, coisas como uma cordilheira no Chile ou um Serro em Bariloche.

Sei que minha deficiência de informação e conhecimento nessas horas se tornava intransponível, mas eu não tinha medo de me mostrar ignorante, me encantava com seu prazer em mostrar as coisas que lhe alegravam. Minha justificativa para tal ignorância morava no tempo que gastei com meus conflitos existenciais que nem sequer me deixaram em paz ainda. As viagens imaginárias eram por diferentes culturas como Japão, Índia, Turquia, queria que sua mão me levasse até esses lugares , que me conduzisse até histórias e costumes que me fizessem menos diferente pelo menos na aparência. Talvez eu encontrasse o meu lugar, meus semelhantes e não me sentiria estrangeira.

Naquele início de ano trabalhávamos para fazer um festival internacional cujo recurso de incentivo ainda não estava disponível, porém os Ingleses viriam ao país para outros eventos e seria muito interessante que passassem pela cidade, isso estreitaria laços com produtores e gente de bem. Logo em março tivemos uma notícia do seu médico que nos colocou apreensivos, mas nada para perdemos a paz ainda. Eu, nesse momento, desenvolvi uma alergia que me enlouquecia com irritação nos olhos, nariz, ouvido e pele, não entendia o que eu estaria somatizando. Qual seria a emoção que eu não compreendia, mas que se anunciava grande para as minhas defesas? Mas não tinha muito tempo para estudar aquilo. Em terapia acabaria descobrindo. Fui até minha alergista e quando disse o que acontecia com meu marido, ela observou dizendo: "seus ombros são muito pequenos para carregar tanta coisa". E seguem os exames e a chegada dos ingleses se aproxima e decidimos por fazer o festival mesmo sem recursos, tudo negociado com aqueles que teriam confiança e boa vontade.

E em abril aterrissou na minha casa uma legião de anjos ingleses, acamparam, transformando a minha casa num quartel general, com malas espalhadas, roupas penduradas em cadeiras, minha área de serviço intransitável pelo escritório em funcionamento, a sala toda fora do lugar, móveis trocados, sofá que virou cama, horários de comer ditados pela fome e não pelo costume. Apenas uma falava português, e eu, analfabeta em inglês, tinha apenas um enorme desejo de me comunicar, mas conseguimos. Não é só pela língua que se pode se entender. E foram anjos que compreenderam o que se passava, quão difícil era aquele momento, eu me dividia em médicos, carregava pessoas para o festival, levava os ingleses para conhecer alguma coisa da cidade e sofria com a alergia e com a expectativa de momentos ainda mais difíceis que viriam. Os médicos não poupavam palavras para descrever a cirurgia que deveria retirar um tumor enorme que saía do osso da pelve em direção ao abdome e ocupava toda a área apertando próstata e bexiga. Três médicos, cada um com sua especialidade e jeito de tratar aquilo que era, até para eles, um mistério. Um tumor raro, muito grande num homem saudável que não queixava de nenhum sintoma que denunciasse a presença de algo tão inusitado. Naquele momento, em meio a tantas tarefas e inseguranças, eu fazia tudo carregando aquela irritação alérgica que parecia que ia me enlouquecer e só pensava na sua mãe. Ele sofria muito por tudo, mas se preocupava muito na reação dela quando soubesse, afinal pela sua saúde não era justo a preocupar ou lhe fazer sofrer. Mas eu sofria por não contar a ela, eu me sentia traidora, afinal tínhamos um pacto para cuidar dele, precisava dela para me ajudar com sua fé, para estar do lado dele com seu amor e para nos mostrar com seu exemplo que a vida é mistério e não há outra maneira de suportá-la, a não ser com a entrega, a não ser aceitando a morte como vida.

Num momento de distração dele, abandonei os anjos e todas as tarefas e responsabilidades que o momento me impunha e fui até ela para que meu alívio de contar a ela pudesse diminuir meu sofrimento por mim e por ele. Ela teve a reação que eu sabia que sua força permitia, foi otimista e disse que tudo sairia bem e ele podia enfrentar a cirurgia sem se preocupar. Além de sua experiência e força, ela tem uma intuição rara, prevê as coisas com muita precisão. Voltei para casa com menos quilos nos meus ombros, voltei cheia de força e otimismo renovados, afinal não estava mais só, tinha uma aliada de peso, com experiência, palavras, voz com os céus e muita força para pegá-lo no colo ou lhe dar um empurrão quando os meus argumentos não fizessem mais efeito para levantá-lo das depressões e medos que o faziam desistir de se entregar aos médicos e se livrar daquele tumor que lhe impedia de ter paz. O que pesava agora era só a angústia de poder perdê-lo. Às vezes me encontrava em total desespero, não podia acreditar que estava vivendo aquilo, não era justo que o perderia, logo agora que estávamos cada vez mais juntos. Mas as atividades do momento, as pessoas na minha casa me amparando e me permitindo ser frágil, ajudada, as tarefas de produção do festival, me ocupavam o tempo e me tiravam daquela sintonia de dor para me levar voando para outra dimensão da alma. E o festival foi maravilhoso. Duas noites balsâmicas, de boa música, amigos e lua sorrindo.

E se foram os ingleses, deixando muita saudade e vazio, mas não tinha tempo para sentir coisas pequenas diante de tanto que movia meu ser.

Iniciamos maratona espiritual, cirurgias, tratamentos, conselhos, cultos. Todos diziam que tudo correria bem, mas cada ida a um médico, as forças dele enfraqueciam e as minhas aumentavam. Desde os primeiros exames tive uma certeza inabalável que havia me preparado para aquele momento, tudo que sabia, que aprendi, que li, que ouvi e vivi, seria bem vindo, eu sabia o que fazer, como agir, me senti fundamental para que tudo corresse como deveria. Apenas pedia a Deus, em prantos, que não o tirasse de mim, não o levasse, não naquele momento, pois eu acreditava que seria maravilhoso depois de tudo que estávamos vivendo. Respirava depois do choro escondido para que ele não se preocupasse, corria, corria para entender a apreensão do cirurgião que se dizia muito preocupado com a cirurgia, dizia não esquecer do caso um só minuto, não marcava a cirurgia, queria mais certeza. Foram longas horas na sala de espera do consultório para ele nos ver, ter certeza de que estávamos informados e preparados para um evento de tamanho risco e investimento emocional.

Num dia, tão angustiada pela demora de uma data em que apresentasse uma chance de acordarmos daquele pesadelo, fui ter com o cirurgião para, apelando pelo subjetivo e misterioso da vida, ele saísse daquele medo que o paralisava e marcasse a cirurgia. Disse que sabia do risco inclusive de morte, o risco de sequelas motoras, mas que o paciente não estava preocupado com elas, apenas não queria morrer porque tinha ainda muita musica para fazer e modificar a consciência das pessoas, disse que quem o animava era a sua mãe que lutava há 8 anos contra um câncer e que nunca perdeu a fé e o otimismo. Por último disse que confiávamos na sua experiência e competência para que fizesse o que tinha que fazer.

Assim foi marcada a cirurgia.

Naquele momento eu já não sofria mais com a alergia, já havia compreendido que me intoxiquei com alguma substância liberada por mim mesma para me opor a tamanho absurdo que a vida me anunciava. Em momento algum rejeitei ou me revoltei contra o fato, ao contrário, sabia que o tumor era dele, feito por ele, e que era meu o lugar ao seu lado, era minha a tarefa de apoiá-lo, estava ali naquele momento porque era ali que deveria estar.

Como se tudo tivesse sido acordado antes, como se eu já soubesse que esse momento chegaria, me preparei sem saber por toda a minha vida e agora era chegada a hora de mostrar no que havia me transformado.

Não me ocupei de mais nada. Família teve que esperar, seus problemas seriam resolvidos por outros, era hora de terem paciência e cuidarem de mim. E assim foi feito, todos sintonizados, sofrendo e rezando para que tudo corresse como Deus quisesse, afinal, nem os médicos, nem os médiuns tinham poder ou certeza, só podíamos ter fé ou não, mas tínhamos que segurar as cabeças para não cairmos no buraco negro de insustentável leveza e fragilidade do ser.

Aquele era o ano de 2012, um ano, no mínimo, forte. Ano de superação. No ano anterior tive um grande exercício de superação quando compramos um carro. Minha habilitação era de 1998, mas nunca tive carro e não adquiri experiência na direção. Havia uns dois anos que dirigia naquela pacata cidade onde nasci, pois meu pai já não era habilitado, então, quando ia por lá, dirigia seu carro no máximo até a cidade vizinha a 20km da minha, por uma estrada calma e tranquila. Mas compramos um carro e eu teria que superar todos os meus medos e bloqueios adquiridos até aquela idade.

Sempre tive a opinião de que o ato de dirigir um carro é um ato masculinon. No que as mulheres não possam fazê-lo e não fazem bem, mas a energia que se usa para tal ação é masculina. Mas, naquele momento, o casamento, o companheiro, eu, a vida e a liberdade esperavam de mim um ato de heroísmo.

Fui para a autoescola com todo medo, depois das poucas aulas para me convencer que estava pronta; não estava, mas tinha do meu lado um "animador de mulheres maduras com medo de dirigir" e fui, pelas ruas, avenidas e pela vida a superar meus limites e vencer as minhas barreiras que o tempo cristalizou até me sentir uma motorista que guia sua vida com prazer.

E naquele ano, durante o festival e a maratona nos médicos, compreendi para que todo aquele esforço e bravura para fazer algo que sempre quis, mas não havia chegado a fazer tanto para conseguir. Talvez aquele seria o momento, aquele era o ano de amadurecer, descobrir mais recursos, criar casca nas feridas, resistência, não me ocupar com pequenas dores e me concentrar no que a vida real e dura me oferecia. Usei todos os recursos que tinha, psicóloga, agia com prudência, ouvidos apurados para entender as emoções e disposições de todos naquele processo, identificar as resistências, as catatonias e intervir sem perder meus limites humanos, sem desconsiderar as minhas emoções. Tive momentos de grande desespero, sozinha, pois aquele que em geral me ouvia, apoiava e me consolava estava mergulhado em águas profundas de sentimentos divergentes, questões cruciais de vida e morte, não me via, não podia se ocupar de nada que não fosse aquela sensação abismal de leveza e insignificância de ser humano. E eu, em meio a todo aquele turbilhão de tarefas, controle, emoções, ainda tinha que chorar às escondidas os meus medos e pedir a Deus que me desse forças e não me castigasse com sua morte.

E segui me dividindo entre o masculino e feminino. Era tão masculina quando dirigia, quando resolvia coisas burocráticas, quando lidava com as contas e os recursos daquele momento e era tão feminina quando ouvia e tentava fazer falar o companheiro, quando pacientemente compreendia as reações emocionais de todos, quando, intuitiva, o levava nas casas espíritas ou na casa da sua mãe para se acalmar e criar forças para o que teria que fazer, quando lhe aplicava Reik buscando equilibrar suas energias. Fazia tudo isso me sentindo ao mesmo tempo forte e ao mesmo tempo frágil, isso me dava dimensão de inteireza, de unidade e um tamanho relativamente grande com bordas livres e espaço para ser maior. Pensava que quando tudo acalmasse, eu iria me ocupar dos aprendizados daquele rico e movimentado momento, aliás iria tentar compreender o quanto a vida pode ser inusitada, o quanto ela pode ser surpreendente e cheia de sinais de magia e de símbolos que, se decodificados, poderíamos saber com exatidão o próximo passo dela.

Tudo pronto, médicos preparados, burocracia resolvida, emoções controladas, chegou a hora da cirurgia. Eu tinha uma estranha calma e serenidade, não era certeza, talvez fé, não era coragem, nem ausência de medos, mas deixei de me ocupar deles, me tornei pragmática naquele momento, tudo havia sido feito e eu tinha a paz de ter feito o melhor, o resto não dependia de mim e era fundamental entregar tudo ao tempo, me lançar no vazio, na espera, no mistério. E fiz com tranquilidade, com otimismo. A cirurgia, segundo os médicos seria de, no mínimo, seis horas de duração, poderia se estender para dez ou mais. Era tudo muito atípico naquele processo. A raridade do tumor, o tamanho dele, a ausência de sintomas, o comportamento dos médicos, tudo era novo e delicado. Ao chegar ao hospital para a cirurgia o anestesista me forneceu seu número de telefone celular para nos comunicarmos durante o procedimento, nunca havia sabido de algo parecido. Estava tudo muito bem arranjado, seria o que teria que ser.

E entrei até a sala onde ele se trocou e se despediu vestido com aquela camisolinha precária, se virou de costas e foi. Naquele momento senti que a sorte estava lançada, senti um aperto no peito, vontade de questionar a necessidade daquilo tudo, tentar evitar aquele risco, mas não tinha esse poder, não tinha para quem recorrer e saí dali carregando suas roupas até a sala de espera para passar horas de ansiedade junto a alguns familiares e amigos. Estava preparada para esperar muito, mas para surpresa e confirmando o inusitado de tudo, em duas horas e meia sai o ortopedista e diz que tudo correu bem, sem retirada de osso, sem intercorrências que mereciam serem comentadas. Senti como quem ganha um prêmio de loteria, leve, feliz, aliviada. Abracei os que estavam ali e aguardei mais notícias. O cirurgião aparece com um largo sorriso no rosto, denunciando sua euforia com o sucesso e, visivelmente aliviado e feliz, mostra a foto tirada do tumor que se assemelhava a um feto em suas proporções e quase não me contendo, aguardei sua saída do bloco cirúrgico até a UTI.

Um momento forte e emocionante da minha relação foi quando me aproximei dele na UTI após a cirurgia, todo monitorado, cheio de soro e aparelhos ligados em seu corpo. Ainda dopado pelo efeito da anestesia, ele me olhou e disse: MEU AMOR! Foi como confirmar todos os anos que estávamos juntos, foi um novo contrato, uma renovação da caminhada; senti calor, amor, felicidade.

O dia seguinte saiu da UTI e eu o recebi no quarto para que se recuperasse e pudéssemos ir para casa continuar nossa vida e construir nossa história com ânimo renovado e mais fé na vida e nos milagres. E passamos quatro dias no quarto. Ele estava extremamente fraco, não queria visitas, não conseguia falar nem abria bem os olhos. Sentia muita dor. Sua fragilidade me impressionava. Tremia, tinha medo, não me deixava me afastar por nenhum minuto. Fiquei assustada com seu estado, muito mais pela fragilidade do que pelo estado de saúde, afinal estava dentro de um hospital com todo o aparato médico, mas seu olhar assustado, seu medo, sua dependência de mim, me fizeram esquecer do meu cansaço, dos meus momentos de fome, do desconforto para dormir.

Fiquei num estado de total atenção e cuidado com ele. Sentia que aquele era um momento de entrega, aquela era uma tarefa só minha, afinal eu o amava e foi assim que aprendi a amar com minha mãe. Ele não corria mais risco de vida, mas estava entregue aos meus cuidados. Não tinha forças sequer para chamar por socorro e tinha muito medo, medo de morrer de fraqueza, medo de morrer por não conseguir pedir ajuda, mas eu estava ali, estava atenta e pronta para defendê-lo e protegê-lo, pronta para acalmá-lo. E assim foi acontecendo sua recuperação, abraçado a mim se assentou, ficou de pé, com minha ajuda tomou o primeiro banho, se alimentava cada vez melhor e com minha insistência até que fomos para casa, onde eu cuidaria dele sozinha, mas com a mesma dedicação.

E o milagre foi confirmado nos primeiros retornos ao médico. Foi comunicado com o brilho nos olhos e o sorriso de vitória do cirurgião, ele tinha o caso como um grande sucesso. E cada vez mais forte e mais independente sua vida foi aos poucos voltando à rotina habitual. Eu sempre esperando um momento e um lugar para recuperar minhas forças e poder compreender e elaborar aquele momento tão rico, forte, mágico da vida.

Esperava sua volta. Ele parecia não ter chegado, não ter aterrissado, parecia estar flutuando ainda à procura do lugar exato onde se colocaria. Eu entendia que a experiência havia sido forte, eu sentia os efeitos de tão intensa e reveladora experiência, apesar de não compreender bem o que havia experimentado. Imaginava como sua cabeça teria se revirado, quantos medos, pânico e a sensação de insustentável leveza e fragilidade do ser que ele devia ter sentido.

Era natural que demorasse até retornar ao real, até compreender minimamente que não morreu, que a vida estava ali com todas as cobranças e problemas e deficiências, mas agora com um milagre a ser entendido, com uma experiência mágica que transcendia rotina a ser degustada e deglutida. Eu esperaria o tempo que fosse, pois tinha certeza de que quando chegasse, viria com outra roupa, com outra disposição, com outro brilho. Tinha certeza que chegaria com um olhar grato e amoroso que me fariam descansar em seu sorriso, me confortariam, matariam minha sede e me acolheriam com delicadeza e firmeza para que pudéssemos vencer a vida como ela se apresentasse.

Mas ele não voltou. Comunicou-me que tinha dúvidas sobre o que queria, tinha dúvidas se queria continuar naquela relação. Dois meses depois de uma cirurgia que poderia matá-lo ou transformar nossas vidas para sempre, ele disse que precisava se distanciar para saber o que queria para sua vida depois daqueles tempos de milagres, símbolos e provações existenciais. Me vi em plena desconstrução, num vazio abismal, carregando uma dor que me fez acionar a memória de todas as dores que conhecia. Naquele momento senti queimar como um ácido espalhando no meu peito.

Sozinha.

A casa vazia, o coração dolorido, a cama fria, a cabeça confusa. Não acreditava que a vida teria feito aquilo comigo, não acreditava que ele teve coragem de fazer o que eu menos esperava. Pensei que eu morreria viúva, que eu poderia um dia deixá-lo, não imaginava que ele, tão dependente, tão lento, tão rotineiro, poderia fazer um movimento tão brusco, tão grande, tão bruto.

Um movimento que lhe trazia sofrimento, dor, pânico.

O que teria provocado tamanho desejo, o que teria provocado tão devastador movimento, o que levou o meu amor para longe de mim?

> "*Eu só sei que amei, que amei, que amei, que amei...*"(Djavan)

Não poderia responder, não opero na lógica dele, escolhi não julgar, escolhi não culpá-lo, não cobrar dele a dor inevitável de sofrer a solidão denunciada pela sua atitude.

E segui com uma enorme responsabilidade de seguir sozinha, de refazer todos os conceitos e crenças sobre mim e sobre meus talentos e limites para enfrentar a vida e tudo que ela faz para provocar, para testar nossa maneira de existir.

E inicia 2013, com uma esperança nova. Seus primeiros dias são tranquilos, nada que pudesse ser um sinal de maldição. A não ser pelos atrasos para receber os salários, fato que complicaria minhas finanças até o meio do ano, mas não entendi aquilo como mal presságio, afinal queria muito um ano com energia diferente do anterior. Mas os dias passam e a vida se move.

No final de janeiro minha "sogra" vai para o hospital e retira do fígado parte de um tumor, eu sou tomada por uma compaixão e fico com ela algumas noites, ela se recuperava em casa, mas volta com aderências, fraquezas e cansaço de lutar. Sentia vontade de aproximar e de fugir, mas o que conseguia perceber, com algum medo, é que a vida estava girando, estava fazendo seus movimentos que causam desconforto e nos provocam, fazem mover para procurar a luz, assim como uma planta, nos viramos em busca da claridade, em busca de melhor ar para os pulmões. Senti na pele que o tempo nunca passa em vão, com ele as coisas se movem ainda que não percebamos, ainda que sutilmente. E a vida me contava que estava passando, estava se movendo, estava caminhando. Nada é eterno, nada permanece, nada é estático. E com a vida, eu me movia, eu caminhava, eu me transformava. Apesar das dores.

MEMÓRIAS DA INFÂNCIA

Na curva da rua tem um casarão de dois andares com umas 15 janelas de madeira azuis. Na entrada, o portão de ferro rangia quando abria, igual em filme de terror. Seguia um pequeno jardim de pedras, ao lado duas palmeiras enormes. Enfim se chegava até a escada de madeira e se via uma longa varanda com um banco e uma enorme porta e do lado uma janela aberta.

Íamos comprar mangas, talvez muito mais pela aventura e adrenalina de enfrentar tal cenário e viver a cena do que o desejo de comer a fruta, até porque tínhamos mangas nos quintais.

Antes fazíamos uma parada para tomar fôlego numa loja embaixo do casarão, A selaria do senhor Joaquim. Ele era um homem calmo e cortês, sua loja era cheia de selas e retalhos de couro, o cheiro era de um tempo antigo, de tropeiros. O cenário trazia mais veracidade às fantasias. No teto as madeiras do telhado eram visíveis, as paredes eram de barro e bambu, o "assoalho" de tábua corrida quando pisado denunciava um oco entre ele e a terra. Aquela parada nos preparava para viver a aventura seguinte, nos dava força e coragem para enfrentar os mistérios do casarão.

Entrávamos pé ante pé, com o "coração' na mão, era uma missão carregada de medo e curiosidade, cada gesto, cada passo, cada ruído nos remetia a um lugar mágico de riqueza, de mistério. Ali era como se eu estivesse entrado numa máquina do tempo, aquele cenário me levava a um tempo de mulheres com belos e volumosos vestidos, chapéus, luvas e leques. Eu quase as via e a seus maridos de fraque, chapéus e bengalas entrando pelo casarão. As histórias que eu ouvia sobre os moradores do "castelo", eram inusitadas. Contava-se que o marido da viúva que se chamava Isola, era caixeiro viajante e numa das suas viagens precisou ir a um médico fazer uma cirurgia para retirar um pequeno tumor, e depois seguiria para um lugar chamado Capão. Então enviou um delicado telegrama à sua esposa com as seguintes palavras:"Isola, caroço fora, sigo Capão."Ouvia essa história com tão pouca idade que não entendia a piada, mas como ela permaneceu nos assuntos, cresci para torná-la uma piada/lenda nas minhas conversas animadas.

Com muito medo e sempre em dupla ou trio, tirávamos na sorte quem batia à porta e quem falava e em minutos surgia na janela Dona Isola, ou Sá Isola, como era chamada, uma velha sem dentes que mastigava não se sabe o quê, mas o susto com a figura era sempre inevitável. Dizíamos o que queríamos e ela desaparecia nos deixando com a visão da sala onde havia uma mesa redonda com outra mesa redonda menor que girava em cima da maior. Aquela mesa era um símbolo e indício de que aquela não era uma casa comum. Uma mesa, pra mim, completamente inusitada, diferente de tudo que já havia visto. Nunca tinha sequer ouvido falar em algo assim. Aquele era um objeto que pela janela eu conseguia ver, mas naquele casarão havia outros tantos que me atraíam por imaginar.

Tudo naquela casa era muito misterioso e nos deixava curiosos e em sobressalto. Daquela janela se via uma pequena parte do interior da casa, alguns móveis antigos, como tudo ali, mas o que aguçava minha curiosidade e me fazia sentir em outro lugar e tempo era muito mais o clima gerado por todos aqueles elementos junto à minha disposição e entrega naquele momento. Pairava naqueles minutos, enquanto eu tentava penetrar na vida e na história daquele castelo, um silêncio macabro que trazia uma aura de mistério e gozo, uma adrenalina que percorria meu corpo me dizendo que tudo podia ser mais misterioso do que parecia, mas que não era tão perigoso quanto eu temia.

Nenhum ruído, nenhum movimento, nenhum sinal de oposição à minha investigação, tudo era paralisia, como se o tempo houvesse parado para esperar minha entrada pela janela num mundo diferente e alucinante. Mundo de personagens nada parecidos com os humanos com quem eu convivia, objetos saídos de um lugar e tempo já esquecidos. O meu contato com tudo aquilo seria uma viagem na história de uma cidade, de uma família, de mim mesma. Na verdade, talvez eu quisesse pertencer aquele mundo, me identificar com aquelas pessoas que eu julgava tão diferentes, assim eu poderia decifrar meus paradoxos, minhas incoerências de ser.

De repente se ouvia o arrastar dos chinelos da velha, a porta se abria e aparecia ela com uma saia longa e um avental até os pés, vinha mascando e nos despachava sem muita conversa. Figura que me transmitia tanta coisa. Sentia um grande acolhimento, como uma avó que me pegasse no colo e me dissesse delicadezas doces como só as avós sabem dizer. Ao mesmo tempo ela me parecia uma bruxa de histórias infantis, acho até que tinha uma verruga no nariz ou no queixo, trazia o rosto marcado com rugas de raiva e maldade, era séria e de pouco assunto, não participava da convivência da vizinhança. Seu isolamento dava verdade às histórias e conjecturas que eu ouvia sobre aquela família, sobre aquelas pessoas. Preservava o mistério, que nem sei se era bem guardado ou eu é que não ouvia as histórias que tornariam tudo normal e igual a mim. Preferia continuar sentindo aquelas emoções que tinham a força de me transportar num mergulho de imaginação, fantasia, medo, curiosidade e magia.

Na verdade eu criava a realidade que envolvia aqueles personagens, objetos e comportamentos a partir das minhas construções, a partir das lendas, histórias e observações que eu fazia de tudo que passava por mim.

Saíamos mais curiosos do que antes, pois na nossa fantasia aquele casarão era habitado por fantasmas e outros seres que nós não ousávamos imaginar. Aquele casarão guardava muitas lendas e segredos, mas os seus personagens eram reais. O filho da viúva parecia o próprio Drácula, passava em frente a minha casa sempre tarde da noite usando um chapéu e uma "Capa Ideal" pretos. Ele era alto, magro e quase não se via seu rosto, era uma figura misteriosa e taciturna.

A empregada da casa era uma mulher feia. Eu, particularmente, quando criança, chorava na sua presença não por outro motivo senão medo daquela cara enrugada e horrível. Ela era chamada de carreta pelos meninos do colégio que passavam em frente ao casarão devido ao seu avantajado traseiro e ela, irada e com a cara mais feia ainda. Xingava e corria atrás deles para bater, muitas vezes com uma vara que já ficava à mão pra essas ocasiões. Aliás, isso me faz lembrar a mamãe vovó, personagem do grupo folclórico Caboclada, que era um homem de vestido, mascarado, com um porrete na mão que corria atrás das crianças quando elas mexiam com ele.

Esse grupo ainda sai às ruas nos dias de hoje na ocasião da maior festa da cidade, Festa de Nossa Senhora do

Rosário. Aquela empregada tinha uma aparência que me transmitia perigo, como se ela fosse a serva da bruxa, a executora das maldades. Era baixa, de pele clara, usava dentaduras e, na maior parte do tempo estava com um lenço na cabeça, porém quando passava na minha porta a caminho da igreja, usava uma peruca mal colocada e sem nenhum sucesso na tentativa de disfarçar sua careca.

Tudo aquilo me causava grande estranheza. Ela não podia ser humana, real. Eu pensava de onde ela teria saído? Qual sua história, como terá sido seus pais. Quantos anos tinha? Que tipo de criança aquela criatura teria sido? Mas diante dela, minha vontade era apenas de fugir. Ela tinha sempre um sorriso pra mim, um olhar compassivo e gentil, mas sua atitude apenas me deixava mais amedrontada e desconfiada que sua intenção pudesse ser de, me raptar e me prender numa grande gaiola no porão daquele casarão. Porém, era notável o desejo da empregada de se socializar. Ela se incluía na comunidade, não que participasse de todos os eventos e atividades, mas ia à igreja, às novenas, às festas religiosas e tinha sempre assuntos, perguntas e conversas com os conviventes. De todos os moradores daquela casa, ela era a única que fazia a função de ponte entre o interior e o exterior daquele mundo imaginário e inacessível.

Envolvia-me em imensa curiosidade o mistério que rondava aquela casa. Sentia uma espécie de excitação mista de medo e atração quando via entre a persiana da nossa sala a figura daquele homem passar pela frente da minha casa com seu passo firme e lento, sua capa a balançar num ritmo marcado e calmo enquanto invadia a neblina da noite em direção ao centro da cidade onde encontraria homens, mulheres, beberia algo ou se transformaria num morcego ou lobisomem, quem sabe.

Sua figura me deixava ainda mais curiosa, tinha uma vontade enorme de entrar e explorar o interior do "castelo", mas os personagens me intrigavam, me causavam desejo de aproximação e medo, era uma sensação excitante que me causava mistério sobre mim mesma. Talvez por isso tanta atração, tanta curiosidade e diversidade de emoções.

Daquele casarão só saía mistério, e a única pessoa que se via pela rua durante o dia era a empregada feia; a viúva só aparecia na janela quando batiam à sua porta. Depois de sua morte, a empregada foi servir a outros senhores e o filho se juntou a uma mulher que intrigava a todos pela disposição em se trancar com o homem de capa naquele castelo; não devia ser muito diferente dele. Como teria ocorrido o encontro entre aquele homem e uma mulher? Quem seria aquela mulher? Nenhuma história ou notícia eu ouvira sobre aquela criatura e talvez por isso minha cabeça fabricava hipóteses sobre sua origem, seu comportamento, sua personalidade. Será que ela havia sofrido no seio de uma família pobre, sem recurso material ou intelectual para gerar algum questionamento em seus membros, será que se valorizava ou tinha um mínimo de noção sobre si mesma, sobre o que teria direito na vida ou noção sobre seus desejos? Será que teria sofrido com a educação de um pai violento, agressor e ausente, tendo como alternativa de defesa a passividade, aceitação do que qualquer homem lhe impõe? Ou teria tido uma mãe perversa e amarga, porém submissa ao comando masculino obedecendo cegamente ao homem que a maltrata e passando à filha a ideia de aceitação daquela vida de miséria e sacrifício.

Ela teria conhecido seu príncipe numa "casa de tolerância" onde ela era prostituta e ele se apaixonou arrebatadoramente por ela e a tirou daquela vida e a levou para seu palácio? Poderia ser ainda um contrato sem afeto ou viviam como senhor e escrava, ela fazia o serviço doméstico, o servia na cama e ele lhe dava abrigo? Mas eles eram vistos raramente quando passavam em frente à minha casa rumo ao centro da cidade como namorados apaixonados, às vezes de mãos dadas ou até abraçados, cena que intrigava ainda mais a minha fiel curiosidade.

Em alguns momentos passava pela minha cabeça deixar de imaginar as razões das coisas e a lógica das pessoas. Pensava em aceitar que aquela compreensão que buscava dos desejos e motivos das pessoas em agirem de tal ou tal forma era impossível. Mas quando tentava abrir mão dessa obstinada pesquisa, ouvia da vizinhança comentários maldosos e conversas que condenavam uma mulher por viver naquele casarão e com aquele homem famigerado.

E os dois ali, fechados, permaneceram enquanto o casarão ruía, visivelmente se deteriorava denunciando pouca vida entre seus cômodos. Em determinado momento a mulher se foi, mas pra onde? Ninguém nunca soube, como não soube de onde veio ou quem era, muito menos como era, o que pensava, o que sabia, o que sentia, quais eram suas dores. E o homem de capa preta, solitário, infeliz, velho e silencioso, numa visita a um bar, enquanto aguardava sua aguardente no balcão, morreu com uma bala perdida atravessada em seu peito, uma bala direcionada a outro, uma morte que errou de endereço e encerrou a solidão misteriosa de um casarão.

E desabou de velho, o casarão. Veio abaixo todo o mistério de algumas gerações, de alguns indivíduos e suas histórias. Acabou-se. Objetos, emoções, afetos, tudo foi ao chão.

Hoje, em seu lugar, nada, apenas o espaço e as lembranças de um tempo que não sei para onde se foi.

De onde venho

Onde nasci era uma pacata cidade entre montanhas. O horizonte era raro, havia sempre uma barreira na extensão do olhar que reduzia a distância de ir, mas aumentava a imaginação e o desejo da alma em viajar para ver além dos muros verdes e das curvas das saídas do vale. Uma impossibilidade controlada pela autoridade adulta que, por acaso, desperta na criança um impulso de conhecer e viver além da notícia.

Então, nessa idade o que não se tem, se inventa, se ensaia. E nós, crianças com almas sedentas de experiência, saíamos do vale pela imaginação e brincadeiras, colorindo o verde com cores que ultrapassavam os limites, abriam portais e criavam cenários mágicos com inocência e criatividade. Caminhadas nos campos longe de ruídos urbanos, livres de horários e regras. Relacionávamos com tudo que era vivo. Mergulhávamos nos quatro elementos sem perder nenhuma sensação, nenhum prazer. Aventuras que guardavam um toque de resistência ao comando, oposição ao estabelecido fosse pelo lugar escolhido, pelo horário, pelo meio para se chegar ou pelo imenso prazer de viver tudo aquilo. E vivíamos, sim, tudo o que a inocência permitia, tudo que a pouca idade oferecia de direito.

Infância agitada e muito criativa. Vivíamos às voltas com um projeto ou brincadeira. A turma que era composta em maioria de primos, mas parentesco não tinha a menor relevância, o que nos norteava era o afeto e a identificação dos desejos e anseios, dos gritos da alma. Dias de muita atividade que pareciam pequenos para caber tanta vontade e curiosidade. Na verdade, éramos criadores, inventores e livres. Eu me sentia voando, sentia o vento no rosto e a paisagem era agradável e estimulante, momentos de completa integração, plenos de presença e despreocupação, até os conflitos eram tranquilos, faziam parte da aventura.

A cidade só tinha uns 10 mil habitantes e desde sua fundação foram ocorrendo os casamentos entre parentes. Contam que um funcionário militar saiu de Portugal para explorar diamantes na região de Diamantina e, rico, chegou até o local onde, doando terras a outros, fundou o povoado que hoje é a cidade onde nasci e vivi até os dezoito anos. Cidade inicialmente povoada por famílias formadas por pessoas casadas entre parentes e escravos ou descendentes deles. Eu mesma só tive dois bisavôs e duas bisavós, meus pais são primos por parte de pai e mãe, quase irmãos, mas tinha também os vizinhos e outros que se identificavam com nossa vontade de movimentar os dias naquela pacata cidade.

Criávamos laboratório de cores, aventuras pelas fazendas, campeonato de queimada, a vargem contra o fim da Vargem. Me lembro que no final de um desses, saímos correndo do campo deles com pedras voando sobre nossas cabeças. Brincávamos também de garrafão, brincadeira tipicamente masculina, bentiautas, rouba bandeira, pegador, nós brincávamos de todos os tipos de pegador, pique lata, pegador de esconder, pegador de alturinha, nego fugido, pegador de um poste no outro e Pico de Mico, brincadeira que me deu o apelido de Piquim. Explico: eu era muito, muito branca, cabelos, pele, olhos. Havia um primo que me chamava de Picumã (teia de aranha enegrecida pela fuligem de fumaça), essas teias ficavam penduradas sobre os fogões de lenha. Um apelido irônico, é claro, mas que fazia a alegria dos conviventes e o meu desgosto.

Brincávamos de Pico de Mico na rua, era uma brincadeira onde o "pegadô" gritava: Pico de Mico e os outros gritavam: Que cor? Ele dizia a cor e os outros teriam que correr e tocar na cor pedida antes de serem pegos por ele. Meu apelido, que era Picumã, passou a ser Pico de Mico, depois foi reduzido a Pico e diminuído para Piquim. Claro que eu não gostava, afinal tinha uns dez anos e nessa idade já me sentia ET por outros tantos motivos e o apelido era como se fosse uma confirmação da minha esquisitice.

Mas sobrevivi e não era isso que me deixaria triste ou me faria perder a alegria da vida infantil.

Apelido todos tinham. "Two", "Canela", "Cica," "Owisk." Melhor são as explicações para eles. "Two" não sei, seu pai era bom de botar apelidos nos filhos, todos tinham, mas não sei o motivo do "Two." Canela com certeza por que tinha uma panturrilha fina e parecia canelinha de sabiá. "Cica" porque na cidade havia um mentecapto chamado "Cica Curiango", cujo corpo era muito magro e desengonçado parecido com o nosso amigo. "Owisk" ganhou o apelido do irmão que também tinha o hábito de mudar o nome de todos. Ela, antes de usar aparelhos dentais, possuía dentes avantajados e era chamada de dentão, depois Tão, depois "Towisk" e enfim "Owisk." As reduções foram obra do mesmo irmão. Depois outro irmão reduziu para "owini" e depois para "wini", que virou Sá (como senhora), "wini" e hoje alguns ainda a chamam de "sawini."

Quando se é criança ninguém gosta de apelidos e é exatamente por isso que eles pegam. Todos até hoje são chamados assim, menos eu, não sei por quê, sei que não me agradava em nada ser chamada por nenhum apelido, eu odiava picumã ou piquim, mas me livrei, só algumas pessoas na cidade ainda me chamam assim. Acabei diferente de novo.

Uma cidade é caracterizada por seus loucos; uma cidade tão pequena como a minha, tinha seus loucos integrados. Eram participantes ativos das atividades dela. Lembro-me de Maria Paiol, uma louca que gritava pela rua, morava num quartinho ao lado da igreja, andava carregando um saco com suas coisas, tinha um ardido cheiro de urina que anunciava sua presença e passava nas casas com seu caneco na mão pedindo café, adorava café.

Às vezes algo a fazia ficar irada e xingava balançando os braços, mas não era agressiva. Havia também a bêbada Neuza e seu companheiro Pedro de Neuza. Aliás, na minha terra todo mundo é de alguém, fulano de fulano de fulano, jeito de identificar a pessoa de sua esposa de seu pai. E havia ainda Sá onça, Joaninha Pepé, Patati-Patatá, cuja história é interessante porque era um exímio professor de inglês que de tão inteligente enlouqueceu e andava pelas ruas, maltrapilho e com os cabelos grandes e desalinhados. Mas não são engraçadas as maneiras como a maioria morreu, vítimas de abandono, estupro, espancamento ou fome.

Aquela não é uma cidade perversa apenas com seus loucos, é uma cidade perversa, com grande intolerância ao diferente, não aceita o de fora, dificuldade para lidar com o poder político e dificuldade em aceitar que não o tem. Uma cidade bairrista que defende o que é seu como os espanhóis, mas não é unida nem para defender os seus. O poder político é desejado, mas não sabe lidar com ele. Parece um lugar onde o tempo não tem obrigação de passar.

Eu me sentia oprimida, rejeitada e só. Minha aparência, embora lá tivesse muitas loiras, causava reações de estranheza e aberta rejeição. Sofri muito por racismo, era chamada de macarrão da Santa casa, branca azeda, albina e por último, loira burra. O mais seguro mesmo era estar no meu mundo mágico, onde eu era livre e aceita e não era estrangeira, "estranha no ninho".

Aquela era a minha cidade e, por mais que eu saísse dela, por mais que eu me diferenciasse dela, há coisas que ficam tatuadas em nós. E minha caminhada seguiu com a tarefa de diferenciar em mim o que era igual e o que não era daquela cidade, daquelas pessoas, daquela família. Qual seria a greta de saída da porta que me levasse a mim sem me escravizar pelo que não gosto e sem perder o que aprendi e quero resguardar? Qual seria a medida para me diferenciar sem perder as referências, sem negar as origens, sem cometer ingratidão com os afetos recebidos e, ao mesmo tempo, ser eu inteira, ser autêntica, fazer o que o coração pede sem parecer arrogante ou distante?

Essa vem sendo a tarefa da minha vida. Fazer minha estrada. Tenho caminhado tentando me encontrar.

Sobre o Jonas

Jonas era seu nome, brincávamos que vivia dentro da baleia. Era um ser doce com grande força e delicadeza. Era um negro, filho de uma mãe de santo que tinha um terreiro no quintal da sua casa num aglomerado no morro da zona sul. Ele me provocava uma vontade de conhecer o mundo de alguém como ele, com uma família como a dele, talvez entender a lógica de quem mora num aglomerado e o defende como um lugar sagrado.

Como seria a vida de um filho de uma mãe que cuida e cura tantos filhos. Como seria dividir sua casa com um terreiro de Umbanda, dormir ao som de tambores e cantos hipnóticos, estar sempre entre dois mundos, o real e o mágico, o sagrado, o passado.

Talvez sua presença silenciosa me oferecesse esse mundo histórico, ancestral e que até a mim que sou tão branca e de traços europeus, sentia, em contato com esses símbolos, um gosto de terra na boca, o som das águas do mar, dos rios e cachoeiras nos ouvidos, o frescor dos ventos nos cabelos e cheiro de sol nas narinas.

Na minha infância convivi muito de perto com alguns desses elementos vindos da África. Do lado da minha casa morava uma família de afrodescendentes, nossas casas se comunicavam na cozinha por uma janela de vidro quebrado que dava na padaria deles. Logo de madrugada se ouvia o barulho das máquinas de fazer pão. Eu acordava com o aroma delicado que me influenciava a deliciar aquela maravilha, símbolo de vida e fartura. Ir até lá e ver aquela fábrica de pães, roscas e biscoitos artesanais, pra mim, era uma aventura.

O pai era um homem grande, cabelos bem baixos, silencioso, mas com umas piadas guardadas para soltar de vez em quando. A mãe era brava e muito supersticiosa; contava várias histórias de fantasmas e acreditava nelas nos deixando apavorados. Eram muitos filhos, todos alegres, amigos e cantantes. As festas lá eram muito melhores que na minha casa, mais alegres com direito a violão e tambores. Lá aprendi muitas músicas, inclusive hinos a orixás. Entrar em contato com certos símbolos na infância é uma experiência que não se esquece e tudo que detona nossa memória se torna importante e atraente.

A história de Jonas me lembrava momentos de inocência e alegria. Era só o Jonas, um ser humano como qualquer outro, mas me fazia sentir como um ser humano privilegiado por me conectar ao passado de força, de dor, de cor e de divindade. Suas histórias contadas através de seus sambas eram imagens dessa vida que todos nós, brasileiros, vivemos. Mas aquele ser, quando passava por mim, deixava um pouco de aroma de flor, me entregava uma caixa bordada de renda e cheia de paz.

Sua aparência era a de um menino feliz e caloroso. Eu não conseguia imaginá-lo nervoso ou com raiva; claro, devia ter momentos infelizes de revolta, mas pra mim, seu jeito de viver era com delicadeza e paz. Seu sorriso era aberto, mostrava dentes claríssimos em contraste com a pele e barbas pretas, era sorriso de inocência e boa vontade. Queria tê-lo conhecido melhor, mas o pouco que convivi já me deixou em paz. Claro que o meu impulso de falar sobre ele é pela impossibilidade e frustração por não ter aproveitado da sua presença enquanto a morte não o acertou.

Agora é tarde, só resta a notícia sobre ele. Só restam comentários para tentar resolver a saudade. É assim, não damos mesmo valor para quem está por perto, não lembramos que a morte castra os desejos, as vontades, as relações e nos impossibilita de vivermos pessoas que poderiam nos oferecer grandes aventuras.

O Jonas talvez fosse um anjo, negro e filho de mãe de santo. Favelado e sambista. Talvez isso explique por que senti tanto sua morte, por que me emocionei tanto no seu velório e por que quis sentir o tamanho da sua solidão quando o deixamos sozinho debaixo da terra.

O Jonas foi uma dessas pessoas que passam por nós, que passou por mim e deixou no ar um aroma suave que me provocou, me trouxe memória de símbolos, trouxe desejo de compreender sobre morte, vida, relações, sagrado, igual e diferente. Sua morte foi aproveitada por mim para que eu fizesse uma visita na existência tão paradoxal e tão fascinante.

Os casamentos que conheço

Casamento é algo que ninguém tem a medida do perfeito, ninguém sabe como deve ser, aliás, existem tantos tipos de casamentos quantos casais. E eu conhecia alguns casamentos; afinal, quando comecei a entender o mundo, meus irmãos já eram casados e eu, como uma observadora obsessiva, estudava todos. Mas o casamento que corria nas minhas veias, que estava no meu DNA, era o dos meus pais. Esse eu acompanhei desde que nasci, e olha que nessa ocasião ele já tinha muito tempo.

Aquele era um casal antigo. Mesmo não tendo sido arranjado o casamento, o casal funcionava como se fosse. A minha mãe, uma mulher doce, forte, preparada para as tarefas domésticas e a função de mãe, teve que aplicar as habilidades em 8 filhos. Saiu da casa dos pais submissa, obediente, recatada, humilde, se casou e continuou com o mesmo comportamento, mas agora a obediência e submissão seriam para com o marido e a função de mulher, dona de casa e mãe.

Para mim seu nome é mãe. Dedicada, mansa, amorosa, eu me sentia amparada e aconchegada. Ela era extremamente paciente e cuidadosa, seus cuidados iam de fazer as comidas que eu gostava até passar noites cuidando de febres e dores. Tinha sempre uma sabedoria para um conselho sobre uma dor de cabeça ou barriga, sobre a chuva que prometia cair mais tarde, sobre o ponto do bolo que eu me metia a fazer ou sobre como agir com uma amiga que não me convidou para seu aniversário.

É doce, calma, sábia e muito amorosa. Acredita na inocência e na boa fé de todos. Só me incomodava quando eu era atacada por um desejo de liberdade e queria que ela se rebelasse contra as exigências do meu pai ou quando ela me apresentava, junto a um conselho, seu medo de ir, seu medo de ousar, seu medo de ser livre. Sua estima nunca foi muito boa, se valorizava pouco e entendia a sua vida como uma pessoa que nasceu para doar, para deixar a vez para o outro. Era um tanto depressiva e cheia de desejos guardados. Às vazes declara alguma vontade de sair na folia num carnaval, de falar desaforos a alguém que a ofendeu, mas julga serem esses atos muito grandes para sua pequena coragem. Sua tarefa constante é a paz, busca a paz entre todos a qualquer custo, se anula, mente, chora, aconselha e promove.

É uma mulher forte na sua paciência, na sua coerência e na escolha pela relação com o meu pai. O elegeu seu motivo, seu meio e seu fim. O defende tanto quanto o protege; é capaz de muito, quase tudo para que ele tenha conforto. Não mede esforços nem tem cansaço que a faça desistir dos cuidados com ele. Ocupou sua vida, se tornou necessária e vive para mimá-lo.

Meu pai é carente, vaidoso, ciumento, exigente e enérgico. Um homem de valores fortes, muito trabalhou para sustentar e dar o melhor à família. Orgulhoso e promotor das suas conquistas. Foi um jovem de poucas oportunidades, ficou órfão muito novo, teve que trabalhar desde cedo e quis diminuir suas frustrações através dos filhos, com ajudas de estudos e muita educação. Justo, firme, coerente, sempre denunciou a mentira e é muito honesto. Dono de inteligência e esforço, o que lhe fez advogado sem nenhum banco de academia. Mimado, dengoso, mas forte para defender sua prole e, principalmente, minha mãe. Ninguém, a não ser ele, podia explorá-la. Ciumento, sempre teve medo de algum aventureiro levar suas filhas, não se importa com a opinião dos outros, faz o que acha que deve de acordo com sua ética e vontade.

Sempre esteve presente nos meus momentos de dificuldades, nas doenças, nas perdas e dores, sempre com sua força e coragem. Declara o seu amor quando tem chance, quando diz: eu te amo ou quando me salva de uma dívida ou deixa ver nos seus olhos o quanto se interessa e deseja o meu bem. Na infância, era o melhor pai do mundo. Lembro que tinha pena dos meus amigos porque não tinham um pai como ele, era meu herói, meu super homem. Ele sendo meu pai eu não corria riscos, estava protegida. Na adolescência me sentia sufocada com tanta proteção, comecei a entender que aquilo não era tão legal como eu pensava, tinha medo dos seus castigos, achava sua mão muito pesada e me isolava me achando diferente dos meus amigos que tinham liberdade.

Com a maturidade compreendi que era só amor, que era só interesse por mim e o seu jeito de entender como um pai deve educar uma filha. Hoje ele tem 94 anos, uma lucidez incomparável e um admirável retorno à serenidade, como aceitar sua trajetória e o momento de deixar que as coisas caminhem sem o seu controle, sem sua direção, sem sua força. Agora vive a vida como a vida é. Calmo, simples e sábio.

Esse é o casal que me passou todo o exemplo e valores de uma relação baseada no amor e devoção. Ensinou-me sobre casamento, que é uma escolha por estar acompanhado, de caminhar lado a lado na estrada da vida, que quando juntos os problemas são mais bem resolvidos, se tornam mais leves; que caminhar acompanhado é mais divertido e mais seguro. Ensinaram que família é ouro e que companheiro é diamante.

Vivi, claro, fases de briga silenciosa com a família, fases de não querer pertencer a ela, vontade de ser diferente de onde eu era semelhante, fases de me fazer diferente, realçar minha maneira rebelde e opositora de pensar e de fazer minhas escolhas. Mas minha maneira de me rebelar era velada, não dava chance para castrações definitivas, pensava livremente, mas agia com calma e sem grandes atos de heroísmo.

Fervia meu sangue, a alma agitava e a cabeça girava. Queria romper com tudo, me revelar, desmontar a armadura, voar pela greta da janela e ganhar o mundo, o universo sem medo de perder a forma ou o juízo. Mas era completamente dependente do amor daqueles "carcereiros" que viviam para podar meus movimentos e cortar as asas dos meus sonhos me negando a liberdade. Não me imaginava só, sem amor, sem nada que se opusesse às minhas loucuras, sem espelho e sem segurança de poder fazer qualquer coisa por mais estranha que parecesse e ainda ser aceita e amada.

Não podia imaginar que não haveria nenhum lugar onde eu pudesse descansar depois de uma batalha. Não viveria sem a aceitação mesmo que sem compreender, mesmo sem as minhas respostas para as perguntas que faziam na tentativa de compreender meus ais, minha maneira de sentir e viver minhas dores. Mesmo no vazio de entendimento racional e razoável eles permaneciam ali, do meu lado, com o olhar terno e complacente, às vezes com lágrimas nos olhos ou com raiva nas mãos para me protegerem do que não tinha proteção, para me defenderem do que era inevitável, para me tirarem a dor que já havia tatuado minha alma. Depois desse *pit stop*, lá ia eu pra mais uma batalha, acenava com a mala cheia de esperança e me fazendo de forte, deixava-os com as lágrimas no rosto e a cabeça cheia de medo por mim e nos despedíamos até que outra dor me atacasse e me fizesse voltar para o colo confortável e seguro do amor familiar.

Sempre me senti estranha e pouco compreendida naquela família, sentia que eles não me compreendiam. Minhas escolhas, meus silêncios, meus devaneios, meu isolamento e minhas opiniões eram atitudes que iam além da vida sem grandes complicações que eles escolheram. Em alguns momentos me afastei,me omiti, não participei do banquete, precisei me diferenciar para encontrar meu próprio estilo e jeito de caminhar. Mas sempre voltei quando a carência e o medo me atacavam, quando a vida me dava um tapa ou um tranco, voltava para me reabastecer, para me aquecer e com o tempo fui aprendendo que o amor que eles tinham para mim era de respeito, era delicado, era fundamental.

Voltava para ver nos olhos do meu pai em silêncio que o seu amor era real e incondicional, voltava para sentir o colo da minha mãe quando ela chorava por me ver sofrendo, quando ela me agradava fazendo delícias que eu gostava, guando ela se ajoelhava diante do altar e rezava novenas para que a vida me pisasse leve.

E foi por causa desse exemplo e desse jeito de amar que fiz minhas escolhas. Fiz a escolha de me casar, desejei um casamento que, guardando as proporções bem diferentes, fosse eterno, terno e feliz como aquele que conheci, aquele que vi de muito perto e por muito tempo. Aprendi com minha mãe a ser calma quando o outro fervia, a ser doce quando o outro amargava, a cuidar daquilo que é importante, a ser firme quando as coisas balançavam e a ser devotada e inteira quando amava.

Desabafo

Chego num momento de imenso enfado, sem inspiração. Minhas emoções modificaram e eu me encontro cansada dessa história, cansada da minha história. Escrever tudo isso praticamente simultaneamente aos fatos, a fortes emoções causadas por alguns acontecimentos, tem me deixado num estado de prazer e desgaste dessas emoções.

O ano de 2012 me lançou desafios e questões que não tenho condições de avaliar ainda, estou na energia dele, não tive tempo para elaborar tudo que vivi. A vida deve estar me testando, quer rapidez e eu não consigo acompanhá-la, estou confusa e plena de memória, fatos, sensações, desejos, frustrações que não tenho condição nesse momento de organizar tudo e compreender o que se passou e ainda passa. Escrevo minhas memórias, histórias, descrevo fatos e emoções como uma maneira de organizar minhas impressões e fortalecer minha alma.

Mas minha inspiração parece brincar; me abandona, me deixa num canto árido e frio da vida, me desafia a medir forças com o dia, a insistir para que eu continue buscando encontrar alguma lógica ou sentido na vida e em tudo que tenho vivido ultimamente.

Não consigo escrever, não consigo ler o que escrevi. Cansei, cansei de mim. Cansei de brincar, cansei de esperar o melhor dia, pois o máximo que consigo são breves minutos de calma. Meus dias são vazios, vazios de sentido, de calor, de companhia, de vitalidade. Tenho vivido por obediência ou teimosia, não tenho vontade nem certeza. Não sei o que quero, não sei o que escrevo. Às vezes escrever é o que me ampara e me organiza, mas quando distraio e deixo a consciência se impor, não vejo sentido em nada. Sou abandonada pela inspiração, sou invadida pela razão, pela verdade e me vejo paralisada, catatônica e triste.

Solidão. Solidão, só o que me salva dela em sua forma mais aguda são minhas memórias, minha história e a lembrança de que talvez eu seja mais que essa dor, eu seja mais que esse momento, eu seja mais que meus ais. Esperança é o que busco, esperança de dias mais leves, esperança de tudo se ajeitar, esperança de uma compreensão das coisas, de mim e do sentido de viver.

Não tenho mais ânimo para rezar, não vejo os céus me ajudarem, me sinto abandonada por eles. Só me resta viver, viver o dia, viver a noite, viver as emoções, como se fosse possível gastar os sentimentos até tudo se apaziguar. Já ouvi que viver dói, mas cura, mas agora não vejo a cura, não vejo como pode a vida tão injusta e cruel curar. Curar as feridas que ela mesma causou, curar as dores que o viver provoca, me parece uma incoerência, só um pensamento religioso pode usar esse argumento. Qual é o sentido de viver? Qual é o sentido de sofrer? Qual é o propósito de se esperar algo que talvez não exista? Talvez seja de escrever um livro, talvez seja a vida provocadora e tirana, nos deixa em plena carne viva para tirar de nós, do nosso sangue uma gota de criação, uma amostra da capacidade de Deus, um fio elétrico que nos ligue ao sentido oculto e hipotético de viver. Talvez Deus esteja me provocando para que eu saia da paralisia obediente e me revolte contra o imposto.

Desejo!

O que é essa força que às vezes é calada pelo real? Para que o ser humano deseja, se tem que obedecer e ceder à força inabalável do sofrimento, da incompreensão e da vontade contrariada?

Trabalho ouvindo o sofrimento dos humanos, dores inevitáveis e que parecem maiores que qualquer força possível. Mulheres maltratadas por pais, maridos e filhos, homens violentos por medo, por desejo de serem aceitos, crianças abandonadas e torturadas pela incapacidade dos pais em amá-las, trabalhadores escravizados por um sistema burro, pouco humano, perverso que uniformiza as pessoas e exige que aumentem seu lucro. Pobreza, miséria, solidão, abandono. Diante da minha dor existencial, emocional, provocada por uma realidade que minha compreensão não alcança, sinto culpa e vergonha por sofrer. "Parece que eu estou carregando os pecados do mundo."

É um exercício diário de me afastar de dores humanas tão semelhantes às minhas, histórias completamente distintas, mas que causam sofrimentos tão similares. A dor de existir, a dor de estar vivo, a dor deser humano.

> ..."*Na terra tanta guerra tanto engano, tanta necessidade aborrecida*". (Luiz de Camões)

Penso que é excesso de consciência, quando, num momento de distração, deixamos a luz invadir nossa mente e nos mostrar o quanto é difícil e penoso ser humano. Uma provocação perversa da vida para nos tirar da zona de conforto, da paralisia, da passividade e nos revoltarmos contra a lógica do caos, contra a indecente proposta da existência e criarmos portas de emergência, saídas estratégicas e, sem escrúpulos, nos vermos por inteiro, cara a cara com o que somos, aceitarmos nossos feitos e sermos livres até para revoltar, para reclamar, para rebelar e suportar a incoerência de viver, o paradoxo de existir.

É impossível viver sem dor, é impossível não questionar a vida.

Tudo que se faz é ilusão, tudo que se vive é para a morte. Esse é o desespero da existência, essa é a angústia que tenho que enfrentar todos os minutos. Esse é o touro que temos que pegar pelo chifre e dominar todos os dias. É um abismo na frente e a cada passo. A consciência de que não se tem nada para segurar, estamos soltos, à mercê do tempo e das circunstâncias. Não sabemos como, mas temos certeza que chegaremos nele, que cairemos nele e aí acaba a ilusão e a angústia.

A dor

Se eu conseguir entender esse ano, possivelmente estarei pronta pra entender a vida. Há alguns dias me foi revelado que o que eu pensava ser mais sólido na minha vida, poderia ruir.

"*Sim, foi que nem um temporal, foi um vaso de cristal que partiu dentro de mim*"... (Chico Buarque de Hollanda)

Mergulhei no submundo pela dor, desci Perséfone esperneando e aos gritos, me deitei com Hades e subi Deméter, La Loba, La que sabé, a Mulher selvagem.

Esse ano foi rico, intenso e dolorido.

Passei quatro meses "correndo", experimentei diversos sentimentos e sensações, mas não parava de correr, sempre em sintonia com minha intuição e firmeza. Sem vacilar estava sempre na hora certa com a atitude certa, mas correndo. Quando vislumbrei a linha de chegada me tranquilizei, festejei com a força que adquiri na corrida, mas ali estava apenas um aviso que aquela não era a linha de chegada, mas o ponto de partida para outra corrida. Agora mais difícil, mais solitária, num terreno escuro e irregular. Caí, me arrastei, me revirei e sem parar adquiri fôlego novo. De pé, mudei de pele, fui inundada pela dor que traz a força e corri.

Às vezes queimo, ardo, descubro que estou viva, me recordo de mim, sinto prazeres que havia esquecido. Sou uma nova mulher antiga. Se eu fosse usar um argumento para convencer um homem a não partir, diria para não abrir mão de desfrutar dessa mulher, diria para colar nela e aproveitar o fogo que queima nos seus olhos, para aproveitar da sua água limpa que agita mansamente, respirar com ela os aromas mais inebriantes e pisar em seu terreno seguro. Mas certas imagens e sensações não podem ser socializadas.

Uma dor lancinante. Descobri que nunca havia sentido dor real. Aquela foi a maior, mais intensa e profunda que já tinha experimentado. Em alguns momentos sentia seu gosto subir pela garganta e invadir minha boca enquanto queimava o peito. Às vezes, gosto de morte, às vezes, gosto de sexo, às vezes, gosto de vida.

Descobri que do lado de cada dor há uma força proporcional que me chama para cima, para vida apesar do absurdo vivido no momento. Me senti em queda livre, em pleno deslizar para baixo, sem motivação para observar a paisagem ou aproveitar a viagem. Tudo era absurdo, confuso e parecia falso, só o que não era falso era tudo aquilo que tremia meus músculos, apertava em meu peito, girava minha cabeça e tirava minha vontade de alimentar.

Com 10 Kg perdi também meu lugar, o ângulo de visão de mim e de tudo à minha volta. Não podia compreender aquele momento. Não errei, não fui má, apenas provei minha capacidade de amar e meu estilo de viver um amor. Ainda pergunto a Deus e à vida, o que mais querem de mim. O que tenho que aprender com esse momento?

Resisti, lutei, desesperei até compreender que estava diante do desejo do outro, sabia teoricamente que esse era meu grande limite diante dele. O outro que me trazia tanta vida, me contava tanto sobre mim, me dava uma dimensão no mundo que, sozinha, nunca alcançaria. Agora quer se mover, quer sair do lugar há muito ocupado. Seu movimento me revelava inevitavelmente, eu teria que sair do meu eixo, teria que mudar de posição, afinal, estava numa relação em que a ação de um provoca a (re) ação do outro.

Mas eu não estava nem um pouco disposta a me mover, queria rotina, descanso e reabilitação das minhas forças para continuar a caminhada. Acreditava que depois de tanto trabalho, angústia e medo, seríamos muito mais unidos. Mas aquela dor de morte me desmentia, me colocava num lugar frio, solitário, me lembrava de uma solidão que demorei muito para diminuir. Tive medo do passado, tive medo do futuro, tive medo de mim. Com que armas eu poderia lutar? Qual era o tamanho da minha força para superar tão grande desconstrução? Tudo foi desconstruído, minha rotina, minhas relações, meus pensamentos, meus hábitos. Agora tinha eu na casa, na cama, na mesa, na alma, ninguém para me desejar, ninguém. Não conseguia ficar comigo, procurava amigos, pessoas que já não eram íntimas, mas que pudessem me ouvir e talvez me dizer algo que me salvasse. Mas ninguém pode sentir nossa dor. Mesmo acolhida estava só.

Não estava em mim. Sentia-me fora, fora do corpo, fora do mundo, fora da vida. Eu não estava viva. Tudo parecia estranho, não tinha mais certezas, nem referências. Sentia abandono, solidão, medo. Não conseguia compreender o que a vida queria de mim, não sabia onde estava. Não sabia de mim. Não sabia de nada.

> "*Chorei, chorei até ficar com dó de mim*"... (Chico Buarque de Hollanda)

Em alguns momentos quis morrer. Paralisar a vida, não deixar correr nada pelo corpo. Queria cessar a dor, ainda que para isso tivesse que parar o tempo, parar o sangue de correr, parar o ar de entrar pelas narinas, calar a boca, os desejos, a fome, o medo, a vida. Queria morrer, encontrar a escuridão, o silêncio, a falta de movimento.

Mas a vida é tirana e cruel, insiste, se impõe, teima, carrega, arrasta pelo tempo as pessoas com má vontade, com preguiça. O tempo age, enquanto isso, com sabedoria, com calma, com perspicácia e firmeza espera seu momento, com lentidão vai girando as coisas, movimentando o que parece não ter jeito, colocando nos lugares o que se espalhou, se confundiu, se perdeu.

Eu passo o tempo esperando o tempo passar. Esperando perceber o movimento do tempo, o movimento das coisas. Tenho a impressão de que o tempo parou, as coisas estão passivamente esperando o tempo se movimentar, raramente algo muda de lugar, lentamente algo se mostra como novidade, mas demora tanto em paralisia que aquilo não tem efeito diante da pressa, diante do desconforto, diante da única atitude possível: a espera, espera que o tempo passe e com ele a dor, a resolução do que está inacabado, a chegada a uma zona de conforto que possibilite olhar para tudo com um mínimo de compreensão, com um pouco de leveza e até, por que não?, com um certo sorriso no canto da boca.

Mas o tempo é caprichoso, não tem pressa, não quer correr e deixar pra trás coisas importantes. Ele é cúmplice da dor, permite que ela fira, que ela marque a carne e a alma de quem a sente.

"*Onde pode acolher-se um fraco humano. Onde terá segura curta vida*"? (Luiz de Camões)

E vou aprendendo que não se compreende muito enquanto a dor não deixa, ela fere, machuca, sangra e nesse momento o que se pode fazer é senti-la, sem querer compreendê-la ou evitá-la. Só depois de um pouco de alívio é que se pode fazer uma contabilidade e entender se sofreu além do necessário ou se você foi um herói por sobreviver tamanha desconstrução sem perder o rumo. E quem tem o poder de fazer isso é o tempo, se você sobreviver a ele, então será vitorioso e poderá ver a luz além da dor.

"*Para quem quer cruzar o borjador tem que passar além da dor...*" (Fernando Pessoa)

Vida, vida, qual é o seu propósito? Qual é a sua intenção, o que você quer de nós, pobres mortais, o que você pretende fazer de nós até que a morte nos acerte?

..."*que não se arme e se indigne o céu sereno contra um bicho na terra tão pequeno*". (Luiz de camões)

Às vezes a sensação é abismal, um vazio, um buraco negro, frio, solitário e cheio de fantasmas do submundo que me ameaçam, me amedrontam. Tudo interrompido, tudo desconstruído. Passo a vida construindo um ponto, um eixo, uma zona de mínimo conforto, demoro décadas de enganos, solidão, medos, erros, mentiras até assumir que o que me faz menos infeliz e menos só é estar com alguém que eu admire numa relação sadia, madura e satisfatória e por treze anos construo esse castelo sem luxo, sem grandes sustos, caminhando apenas com o prazer de estar acompanhada, mas a vida me encontra numa esquina e num movimento tão brusco e violento, desconstrói aquele pequeno abrigo que me deixava tão confortada. Não é justo, não é justo.

E os dias passam carregados de dor, pesados. Chegar até o dia seguinte é uma vitória, chegar até o dia seguinte apesar das dores, é um ato heroico, mas eles passam e cada manhã traz uma esperança e uma brisa diferentes porque passam e nos modificam inevitavelmente se estamos vivos.

Os dias passaram. Tinham uma saia rendada que levemente varria a minha alma, delicadamente retirava os escombros de cima do meu coração. Vagarosamente levava os entulhos do meu espaço existencial. Aos poucos e por opção pela vida, apesar de tudo, fui abrindo os olhos, fui deixando que a luz do futuro possível penetrasse no meu ser e fui deixando o controle sobre as coisas, sobre as teorias, sobre o outro e sobre mim. Parei e deixei que o tempo agisse só. Parei de perseguir os sentimentos que são como gotas de mercúrio, se você tenta pegá-lo, ele se divide em três, em quatro, escorrega, escapa e não se pode apreender. Soltei-me na queda, me tornei leve, me entreguei àquela morte para esperar que chegasse um sinal de vida. Não fervia, não congelava, estava sequer morna, apenas viva, apenas viva.

Mitos e Arquétipos

Perséfone, a amada filha de Deméter, deusa da fertilidade, está colhendo flores com suas amigas. A deusa da terra, Gaia, no intuito de agradar o senhor dos infernos, Hades, faz brotar um narciso. Cem botões nascem de sua raiz, uma doce fragrância se espalha em torno e Perséfone é seduzida, afastando-se das amigas. Quando se debruça para apanhar a flor, a terra se abre, surge um precipício e o senhor dos infernos carrega-a para seu reino escuro.

Deméter ouve os gritos de Perséfone, mas não sabe o que aconteceu. Ela se aflige, procura Perséfone e finalmente vai com Hécade até Hélios, o sol, que conta que Hades raptou sua filha com o consentimento de Zeus. Deméter, tomada pela dor, abandona o Olimpo e vai viver entre os homens. Vestida como uma velha, senta-se do lado de um poço em Elêusis, onde é empregada como babá de um menininho. O bebê cresce miraculosamente, a mãe desconfia e se põe a espiar Deméter uma noite, enquanto essa segurava a criança no meio do fogo para queimar sua mortalidade. A mãe grita aterrorizada para o filho: "eu tenho que lamentá-lo e pranteá-lo". Enraivecida, Deméter finalmente revela que é uma deusa, recrimina a mulher pela ignorância desse fato e exige que seja construído um templo em sua honra, em Elêusis.

O templo é construído e Deméter senta dentro dele, lamentando a filha perdida. Em sua mágoa, em sua ira, faz com que nenhum alimento nasça na terra. Ela acabaria por destruir toda a humanidade com uma severa inanição, a não ser que Zeus forçasse Hades a devolver Perséfone.

Hércules é enviado para apanhá-la e, embora Perséfone tenha recusado qualquer alimento enquanto se encontra no reino dos mortos, ao ouvir falar em sua libertação e no encontro com sua mãe, acaba comendo três sementes de romã, assegurando assim seu retorno ao inferno e ao seu amante, Hades, por pelo menos três meses a cada ano.

No feliz e amoroso encontro entre mãe e filha, a Terra cobre-se com um verdor novo e abençoado, e Deméter, num ato de benevolência, consagra-se a ensinar seus mistérios à humanidade. (tirado do livro *A Tecelã- Barbara Black koltuv*).

A Mulher Selvagem

E então, o que é a Mulher Selvagem? Do ponto de vista da psicologia arquetípica, bem como das contadoras de histórias, ela é a alma feminina. No entanto ela é mais do que isso. Ela é a origem do feminino. Ela é tudo que for instintivo, tanto do mundo visível quanto do oculto - ela é a base. Cada uma de nós recebe uma célula refulgente que contém todos os instintos e conhecimentos necessários para a nossa vida.

La Loba

Existe uma velha que vive num lugar oculto de que todos sabem, mas que poucos já viram. Como nos contos de fada da Europa Oriental, ela parece esperar que cheguem até ali pessoas que se perderam, que estão vagueando à procura de algo.

Ela é circunspecta, quase sempre cabeluda e invariavelmente gorda, e demonstra especialmente querer evitar a maioria das pessoas. Ela sabe crocitar e cacarejar, apresentando geralmente mais sons animais do que humanos.

Dizem que ela vive nos declives de granito decomposto no território dos índios tarahumara. Dizem que está enterrada na periferia de Phoenix, perto de um poço. Dizem que foi vista viajando para o sul, para o Monte Alban num carro incendiado com a janela traseira arrancada. Dizem que fica parada na estrada perto de El Paso, que pega carona aleatoriamente com caminhoneiros até Morelia, México, ou que foi vista indo para a feira acima de Oaxaca, com galhos de lenha de estranhos formatos nas costas. Ela é conhecida por muitos nomes: La Huesera, a Mulher dos ossos; La Que Sabé, Aquela que sabe; La Trapera e La Loba, a Mulher- Lobo.

O único trabalho de La Loba é recolher ossos. Sabe-se que ela recolhe e conserva especialmente o que corre o risco de se perder para o mundo. Sua caverna é cheia de ossos de todos os tipos de criaturas do deserto: o veado, a cascavel, o corvo. Dizem, porém, que sua especialidade reside nos lobos.

Ela se afasta sorrateira e esquadrinha as *montañas* e os *arroyos,* leitos secos de rios, à procura de ossos de lobos e, quando consegue reunir esqueleto inteiro, quando o último osso está no lugar e a bela escultura branca da criatura está disposta à sua frente, ela senta junto ao fogo e pensa na canção que irá cantar. Quando se decide, ela se levanta e aproxima-se da criatura, ergue seus braços sobre o esqueleto e começa a cantar. É aí que os ossos das costelas e das pernas do lobo começam a se forrar de carne e que a criatura começa a se cobrir de pelos. La Loba canta um pouco mais, e uma proporção maior da criatura ganha vida. Seu rabo forma uma curva para cima, forte e desgrenhado. La Loba canta mais e a criatura lobo começa a respirar, e La Loba ainda canta com tanta intensidade que o chão do deserto estremece, e enquanto canta, o lobo abre os olhos, dá um salto e sai correndo pelo desfiladeiro.

Em algum ponto da corrida, quer pela velocidade, por atravessar um rio respingando água, quer pela incidência de um raio de sol ou de luar sobre o seu flanco, o lobo de repente é transformado numa mulher que ri e corre livre na direção do horizonte.

Por isso, diz que se você estiver perambulando pelo deserto, por volta do pôr do sol e quem sabe esteja um pouco perdido, cansado, sem dúvida você tem sorte, porque La Loba pode simpatizar com você e lhe ensinar algo sobre a alma.

A caixa de pandora

Conta-nos as várias versões do mito grego que Prometeu (o que vê antes ou prudente, previdente) é o criador da humanidade. Era um dos Titãs, filho de Jápeto e Clímene e também irmão de Epimeteu (o que vê depois, inconsequente), Atlas e Menécio. Os dois últimos se uniram a Cronos na batalha dos Titãs contra os deuses olímpicos e, por terem fracassado, foram castigados por Zeus, que então tornou-se o maior de todos os deuses.

Prevendo o fim da guerra, Prometeu uniu-se a Zeus e recomendou que seu irmão, Epimeteu, também o fizesse. Com isso, Prometeu foi aumentando os seu talentos e conhecimentos, o que despertou a ira de Zeus, que resolveu acabar com a humanidade. Mas a pedido de Prometeu, o protetor dos homens, não o fez.

Um dia foi oferecido um touro em sacrifício e coube a Prometeu decidir quais partes caberiam aos homens e quais partes caberiam aos deuses. Assim, Prometeu matou o touro e com o couro fez dois sacos. Em um colocou as carnes e no outro os ossos e a gordura. Ao oferecer a Zeus para que escolhesse, esse escolheu o que continha banha e, por este ato, puniu Prometeu retirando o fogo dos humanos.

Depois disso, coube a Epimeteu distribuir aos seres qualidades para que pudessem sobreviver. Para alguns deu velocidade, a outros, força, a outros ainda deu asas, etc. No entanto, Epimeteu, que não sabe medir as consequências de seus atos, não deixou nenhuma qualidade para os humanos, que ficaram desprotegidos e sem recursos.

Foi então que Prometeu entrou no Olimpo (o monte onde residiam os deuses) e roubou uma centelha de fogo para entregar aos homens. O fogo representava a inteligência para construir moradas, defesas e, a partir disso, forçar a criação de leis para a vida em comum. Surge assim a política para que os homens vivam coletivamente, se defendam de feras e inimigos externos, bem como desenvolvam todas as técnicas.

Zeus jurou vingança e pediu para o deus coxo, Hefestos, que fizesse uma mulher de argila e que os quatro ventos lhe soprassem a vida e também que todas as deusas lhe enfeitassem. Essa mulher era Pandora (pan = todos, dora = presente), a primeira e mais bela mulher já criada e que foi dada, como estratégia de vingança, a Epimeteu que, alertado por seu irmão, recusou respeitosamente o presente.

Ainda mais furioso, Zeus acorrentou Prometeu a um monte e lhe impôs um castigo doloroso, em que uma ave de rapina devoraria seu fígado durante o dia e, à noite, o fígado cresceria novamente para que no outro dia fosse outra vez devorado, e assim por toda eternidade.

No entanto, para disfarçar sua crueldade, Zeus espalhou um boato de que Prometeu tinha sido convidado ao Olimpo, por Atena, para um caso de amor secreto. Com isso, Epimeteu, temendo o destino de seu irmão, casou-se com Pandora que, ao abrir uma caixa enviada como presente (e que Prometeu tinha alertado para não fazê-lo), espalhou todas as desgraças sobre a humanidade (o trabalho, a velhice, a doença, as pragas, os vícios, a mentira, etc.), restando dentro dela somente a ilusória esperança.

Por isso o mito da caixa de Pandora significa que ao homem imprudente e temeroso são atribuídos os males humanos como consequência da sua falta de conhecimento e previsão. Também é curioso observar como o homem depende de sua própria inteligência para não ficar nas mãos do destino, das intempéries e dos próprios humanos.

Anjo noturno

Encontrou-me num olhar!

Naquele momento me vi confusa pela força que havia em seus olhos e pela pouca idade que eu sabia que tinha. Seu nome poderia ser “Paradoxo”, nos olhos um menino; no corpo e atitude, um macho. Um macho como eu não conheci muitos. Decidido, direto, forte, simples, leve, menino, homem.

Um ser que me trouxe várias coisas, mas principalmente um espelho multidimencional que me revelou, me desnudou, me jogou num lugar necessário, desconhecido, prazeroso, cheio de medos. Não pude resistir ao seu convite. Na verdade o convite da vida que ele trazia, convite ao prazer, à alegria, à leveza, à vida.

Logo eu que ensaiava a saída do inferno. Confesso que tentei fugir, mas não fui cínica comigo o suficiente a ponto de não voltar atrás e recuperar a proposta. Quem será esse homem? Quem será essa pessoa, que me chama a ver outros ângulos de mim, me empurra a sentir coisas evitadas há tanto tempo? Lança-me desafios de encarar, em mim, a sombra, o medo, a coragem. Chama-me a viver as lutas com simplicidade e objetividade. Revela minha força, minha coragem. Tira-me do conforto da vítima, me empurra da queda para o alto. Revela minhas verdades, meus segredos, meus medos. Ali sou frágil, insegura, criança. Sou alegre, espontânea, leve. Ali sou viva, capaz de me encantar com uma história, com um sorriso ou um brilho nos olhos.

Descubro a possibilidade, a vida que entra por gretas e frestas, por portas mal fechadas e janelas sem tranca. A vida encontra um espaço e passa com a luz. Convida a experimentar lugares e formas de mim mesma. Convida a aceitar o desafio de caminhar sem saber por onde, de tocar sem saber o quê, de querer chegar sem saber onde. Anjo noturno, invade, na calada da noite, o meu silêncio, penetra em meu sossego e abre meus segredos, libera meus instintos mais selvagens.

Transforma assim minha solidão. Meu desejo me trai, saio do lugar de mulher-controle e me perco na menina livre, me solto como um pássaro diante da liberdade concedida e há tanto esperada. Menino-homem, homem--macho, confunde minha inocência, bagunça minha cabeça e me deixa em pleno vício, vício de emoção, vício de prazer, vício de mim com o outro, vício do outro em mim.

Seu corpo é rocha, seus olhos são doces, suas mãos procuram o que querem, mas fingem não saber onde encontrar. Suas mãos são eróticas como as de Eros e tateiam meus esconderijos revirando os escombros de uma mulher esquecida no silêncio da defesa, da calmaria, da espera.

Sua voz me embriaga com palavras de desejo e admiração, me chama de mulher, de rainha, de menina, de desejo. Conta que existo, que sou vista, que estou viva. Chega livre e com vontade, faz o que quer e o que quero; traz a lenha, o fogo e acende a brasa que dormia no meu colo; acende a luz que clareia as horas que espero aquela emoção, e quando não chega, tenho a lembrança e a fantasia que me prendem na expectativa, na vontade, na espera e na certeza de sua aparição.

Um menino na idade, um homem na forma de me tocar, de me ter, de me fazer querer. Homem menino que acerta na forma, na quantidade, no momento e me faz conhecer a magia de um encontro inesperado e irresistível, encontro comigo através do outro, e se torna minha pequena obsessão, meu vício, quanto mais desejo mais tenho medo, quanto mais evito, mais quero. Será que ele existe? Será ele uma invenção da minha cabeça sedenta de histórias, uma imaginação para diminuir a solidão que me acompanha? Será ele real? Será tão real e verdadeiro que fujo, fujo do que não tem sentido, fujo do inevitável que é sentir a dor de estar viva?

Sei que me revira, me chacoalha, me bagunça trazendo prazer e ansiedade, medo e coragem. E enquanto não sei o que é, enquanto não encontro uma zona de conforto de todo esse tormento. Deixo-me viver! Solto-me e aguardo o momento em que a roda girará e me levará para outra posição, para outro ângulo, para outra cena, para outro momento da minha história em que estarei mais preparada e livre.

Cabelo de fogo

Pintei os cabelos de vermelho, saí do esconderijo, abri a caixa de Pandora, revelei meus segredos, confessei meus crimes. Já fui fantasma, já fui ET, em geral fui estrangeira.

Sou estrangeira num país de mestiços, gente de pele negra ou morena, olhos escuros, cabelos negros e enrolados, crespos ou "duros". Tenho cabelos loiros naturais, pele muito clara, olhos verdes e um jeito de andar de italiana, um nariz grande compondo um rosto exótico e nada parecido com os nativos desse país. Não me sentia reconhecida, não participava facilmente do banquete e às vezes era hostilizada por ser diferente e parecer europeia ou norte-americana, ameaçando diminuir o valor de ser brasileira.

Sempre me senti em um deserto, em um cativeiro, isolada e presa a uma aparência nada comum. Julgava-me feia, distante do que poderia ser aceito. Julgava-me rejeitada só por existir. Não tingia o cabelo, mantinha-o virgem, natural, resistia à moda, às críticas, aos apelos e aos elogios por ser verdadeira.

Mas a vida move, gira como a roda da fortuna, nos oferece outros eixos quando nos desequilibramos. E só com dor é que nos permitimos mexer, movimentar, trocar de lugar e reorganizar as coisas para aproveitar mais os espaços, o tempo, a vida.

Depois da dor, depois da viagem até o meu inferno, depois de não poder mais duvidar das minhas forças, dos meus recursos e da minha opção pela vida com tudo que ela implica, com tudo que ela arruma e desarruma, entendi que ser brasileira também é ser como eu, também é ter uma aparência exótica, diferente e instigante aos olhares. Então decidi não mais me esconder.

Naquele momento estava me reencontrando, lembrando de coisas, emoções e pessoas de quem gostava mas que havia deixado de lado. Enfim, para aprender a amar me enterrei, neguei meu modo de estar no mundo, escondi o que não se esconde, tapei os olhos e pensei que estava invisível. Para aprender a amar calei meus desejos, meus gostos e desgostos, fingi ser outra, comedida, equilibrada, morna e insatisfeita. Para aprender a amar decifrava o outro e julgava saber o que ele queria para, a cada momento, me transformar naquilo que seria o seu desejo.

Naquele momento estava convencida a aprender a amar, estava satisfeita por ter vivido aquela emoção, estava segura por ter adquirido habilidades naquela experiência, mas estava enterrada, depressiva, pesada, cheia de escombros sobre os ombros. Depois que a dor me tirou da paralisia emocional, depois que senti que tinha um corpo porque ele sangrava, depois que percebi que tinha um peito porque ele ardia enquanto o coração batia de dor, entendi que nenhuma emoção poderia me sucumbir. Se a dor não me destruiu, não seria o prazer que o faria.

E me deixei subir, flutuei, vaguei no espaço tão leve que percebia a vida como uma festa, como a sensação de um banho de cachoeira , como uma brisa de sol no rosto numa tarde de inverno aqui no trópico. Senti e senti, tudo era novo, tudo vibrava em mim. Tudo era possível, a vida havia me alcançado, entrado em sintonia comigo. Eu tinha plena percepção de mim e do outro. Era adequada, bela. Pertencia. Achava bom ser diferente, gostava dos olhares curiosos. Entendi que aquela era eu, exótica, diferente, estranha. Encantadora.

Percebemos as coisas com os recursos e informações que temos, julgamos as pessoas como nos julgamos. Agora me aceito, sei meu tamanho e julgo que as pessoas sabem. Deixei a opinião dos outros sobre mim para os outros, estava satisfeita com a minha. Segura, livre e pronta para responder ao momento presente. Estava solta! Preparada para viver cada emoção, cada cena, cada fato que aparecesse e que, por escolha, não aconteceria sem me modificar. Fosse um encontro inesperado, uma olhada no espelho que me revelasse uma nova beleza, um elogio de amigos, um olhar de desejo ou ternura. Estava ali, estava atenta, estava viva.

Estava viva. Agora por sentir prazer, por sentir vibrar todo o meu organismo quando qualquer coisa se movesse. Estava enfim mirando o espelho que refletia o meu tamanho, e eu, que era uma referência em ser loira, era chamada assim por muitos, era confundida com estrangeira por ser verdadeiramente loira, tingi os cabelos de vermelho. Não me tornei ruiva. Mas agora tenho os cabelos da cor de fogo, realça ainda mais minhas diferenças, torna minha figura mais exótica, mas se é pra ser diferente, então que seja com os cabelos vermelhos, como fogo. Yang. Se isso desencorajar alguns, será a seleção natural, pois não estou disposta a mudar meu ritmo para que me alcancem. Não tenho medo da solidão, estou em muito boa companhia.

Agora não tenho mais medo, não tenho timidez ou dúvida, estou no mesmo tempo das coisas, estou em dia com os momentos, presente na cena, no palco, na vida. E assim fui descobrindo que a vida não para, que a roda gira e gira nos movendo e nos modificando. Nos oferece emoções até então evitadas e nos revela sentimentos que nos torna outros.

De repente, me pego com sintomas de paixão, paixão pela vida com todos os convites incompreensíveis, paixão por mim. Estava apaixonada por mim, admirava minha coragem, bravura e maneira com que vivi os últimos convites da vida. Estava encantada com minhas escolhas, com o resultado de mim depois daquelas experiências. Entendi que, se mantemos nosso núcleo forte e intacto, como uma caixa preta de avião, qualquer vento ou tempestade, tornado ou tsunami, pode nos abalar, pode nos mover, pode nos modificar, mas não nos derruba,não nos destrói, ao contrário, nos mostra a força e tantos recursos que temos. Nos para outras tempestades, mas nos mantém o sorriso e o coração largos e plenos de desejo de viver

Agora percebo que estou muito mais pronta que antes, estou forte e linda e apaixonada e cheia de desejos e viva. Ao contrário de muita gente que depois de perder um amor se defende, se amedronta, eu quero amar, eu quero sentir o calor do amor de novo.

> "*Vou querer amar de novo e se não der não vou sofrer...*" (Milton Nascimento)

Quero que apaixonem por mim, que admirem o que tenho admirado em mim, desfrutem da minha companhia que é tão agradável e que pode, como todo encontro modificar os encontrados.

Sei que nada acabou, sei que tudo está longe do fim e até lá muitas mudanças, emoções, decepções, frustrações e perdas ainda vou viver, mas hoje, nesse momento tenho mais coragem para não evitar os ganhos por medo de perdas, tenho gana de sentir seja o que for. Tudo que se passar por mim é meu, é possível e será vivido sem me desintegrar, sem me transformar em fumaça ou geleia.

Que venha a vida, a velhice, doenças, paixões, medos. Não tenho mais tempo para me perder nos vícios ou nas paixões, tenho maturidade, posso experimentar ser outra, posso não levar a vida tão a sério, estou aqui, agora, com toda a consciência que acumulei com as experiências e não duvido disso.

Não estou pronta, mas estou no momento, estou preparada para viver o que vier sem preparo. Deixei o controle sobre as coisas e sobre mim. Deixei de ensaiar e tentar prever minhas reações e meus gestos. Estou no momento das coisas, estou inteira na cena. Estou preparada para o imprevisto. Aguento as surpresas e suas emoções.

Sigo, por enquanto, com o cabelo vermelho como fogo. Sigo com o vigor de uma criança esperando o próximo movimento, a próxima safra da vida, o próximo espetáculo, a próxima estação, a próxima brisa e seus aromas.

Aguardo o chamado, o sinal, o toque para que eu me apresente e viva o desafio de existir com curiosidade e entrega, entrega à morte, entrega à queda, entrega à vida.

Tudo acaba onde começou

O dia estava lindo. O céu tinha um azul delicado que trazia calma, leveza e paz. Eu me preparara para aquele momento onde faria um ritual necessário. Já não sofria tanto. Já havia deixado um pouco a resistência. Já havia compreendido que a morte, por mais que nos tire pessoas queridas, nos faz lembrar de nos ocupar mais de nós e da nossa tarefa de seguir.

O mesmo cemitério. A mesma família. Ela não estava lá, não era mais ela. A única coisa que a identificava naquele corpo magro, frio e inerte eram as mãos. Aquelas mãos tão expressivas, mãos que comunicavam as emoções com gestos marcantes e intensos. Mãos que faziam arte, delicadezas artesanais carregadas de características da artesã. Aquelas mãos que doavam afeto através de pratos fartos e deliciosos que cozinhavam em sua cozinha, em sua casa, com seu jeito confuso e criativo de fazer.

Ali, sim, eu a reconheci, porém até suas mãos estavam agora imóveis, geladas e sem movimento. No rosto não tinha expressão alguma, nem cansaço, nem medo, nem alívio, nem dor. Não estava ali. Já havia partido durante os 20 dias em que agonizou numa cama, sedada e à base de morfina para aliviar a dor física.

Naquele mesmo cemitério onde a conheci e criamos uma cumplicidade que durou anos. Despedia-me com muito pesar por ter me afastado por defesa. Pesar por não ter tido a chance de ver nos seus olhos, pela última vez, o afeto que nutria por mim. Não tivemos tempo de elaborar aquela mudança que doeu tanto nas duas. Não tivemos tempo de criar uma nova relação onde seríamos algo que não sogra e nora.

Mas naquele momento, apesar do pesar, eu tinha que fazer o ritual de despedida, eu deveria enterrar seu corpo e com ele as dores e as coisas que não eram minhas. Eu tinha que me libertar daquela história, pois até ela que era o afeto, a vontade, ela que me colocava naquela família, havia se cansado, havia se entregado, havia partido.

Metade de mim era tristeza, a outra metade era saudade. A impossibilidade é forte e dói. Mas eu tinha uma estrada para caminhar, devia seguir seu conselho de deixar a vida caminhar e, naquele momento, deveria deixar pra trás os afetos, as saudades, as dores, os gostos, sorrisos, planos. Passado. E no mesmo cemitério onde se iniciou um grande encontro, eu despeço, enterro e me liberto de um tempo que vivi.

Papel Pólen Bold 90g/m²
Fontes Georgia 12, Helvética25 Ultralight 18 e Freehand521 36
Impresso no Verão/2024